中公文庫

愛なき世界（下）

三浦しをん

中央公論新社

目次

愛なき世界（上）目次

愛なき世界（下）

三章（承前）

年末年始を、本村《もとむら》は両親のもとでつつがなく過ごした。

ひさしぶりに会う両親を見て、「なんだか縮んだような……」と本村は思った。両親はまだ五十代半ばで、老けるには早い年齢だ。実際、年齢相応の外見なのだが、離れて暮らしているがゆえに、相手の些細な変化に敏感に気づいたのかもしれない。長い冬を過ごした目に、新緑はまばゆく染み入る。それと同じで、ほぼ一年ぶりに顔を合わせた両親は、記憶のなかの姿よりも小さく力ない存在に感じられ、本村は軽い驚きを覚えたのだった。

そうだよね、お母さんたちもだんだん年を取るんだ。なんとか研究者として食べていけるようになって、安心させてあげたいけど、いったいいつのことになるんだろう。

そもそも「シロイヌナズナに夢中な娘」というのが、全人類のなかで極めて少数派な存在であるはずで、両親はそんな娘を持ったことをどう思っているのか。周囲に相談できず、ひいては共感も寄せてもらえず、両親はただ悶々としているのではないかと、本村は心配になった。

考えてみれば、すべての「親」は、子どもがいるから親なのだ。「子どもを持つことにまったく興味を抱けない」と言いだした我が子を、価値観の異なる、理解の及ばない存在だと認識する可能性大だろう。しかも本村の場合、男女交際にも結婚にも興味がなく、胸躍る対象はシロイヌナズナだけなのである。両親の混乱と落胆を思うと、なんだかいたたまれない気持ちになる。

だが、そこはやはり本村の両親だ。本村が博士課程に進んだ時点で諦めというか踏ん切りをつけたのか、一人娘が帰ってきたことを純粋に喜び、上げ膳据え膳のもてなしぶりだった。母親は餅やらおせちやらをもっと食べろとうながしてくるし、父親は「一緒に飲もう」ともらいものの上等の日本酒をいそいそ開けるしで、本村はべつの意味でなんだかいたたまれない気持ちになったほどだ。

愛が重い……、と本村は思った。藤丸《ふじまる》が唐揚げにこめた愛には気づかなかった本村だが、楽しそうな両親の様子から、自分がいかに愛されているかをさすがに察した。重いけれど幸せである、と勧められるまま飲食していたら、三が日のあいだに二キロ太った。

私が物理的に重くなってどうするんだ。風呂に入ろうとしていた本村は、洗面所の体重計を見下ろしてしばし固まる。急いですっぽんぽんになり、大きく息を吐いてからもう一度体重計に乗り直してみたが、やはり二キロ太っていた。

穿いてきたジーンズが入るかなと憂えながら、本村は正月休み最後の夜、両親の家で眠りに就いた。大学を卒業するまで寝起きしていた本村の部屋は、ベッドも机もそのままに、いつでも使える状態が維持されていた。愛が重い、と本村はまた思ったが、シロイヌナズナを愛する娘であっても両親は認めてくれているのだと、涙が出そうな幸せも感じるのだった。

とはいえ休みのあいだ、緊張が走る局面があったのも事実だ。母親はもう「結婚」という単語は口にしなくなっていたが、そこは神ならぬ身。周囲で起こる結婚や出産までとどめることはできない。

一月二日の朝、一家三人で雑煮とおせちを食べていたとき、

「そういえば」

と母親が言ったのだ。「川越の環《たまき》ちゃんがね」

環ちゃんとは、本村より三つほど年上の従姉《いとこ》である。子どものころ、夏休みなどによく一緒に遊んだなつかしい顔を思い浮かべ、本村は話に耳を傾けていたが、

「年末に……、なんでもない」

と母親が急に話題を切りあげたので、雑煮の餅を喉に詰まらせそうになった。

「『年末になんでもない』って、なに？　文章になってないよ」

母親は明らかに「失敗したな」という表情で数の子をかじっていたが、

「そのう、ほら、あれ。おめでたい感じの」

と、しどろもどろで言った。

「え、環ちゃん結婚したの？」

「それは二年まえにしてるわよ」

「えええっ。私、聞いてないよ⁉」

「あら、言ってなかったっけ」

母親は今度は黒豆に箸をのばした。「そうだそうだ、お式はしないってことだったから、紗英《さえ》に連絡しそびれてた」

「そういう問題じゃないでしょ。お祝いぐらい伝えたかった」

「だって紗英、研究で忙しそうだったし……。大丈夫。お母さん、ご祝儀送っておいたから」

納得はいかなかったけれど、栗きんとんに次なる狙いを定めている母親に対し、強く抗議はしにくい。「甘いものばっかり食べすぎ」と注意してから、

「じゃあ、おめでたいことっていうと、環ちゃんに赤ちゃんができたの？」

と尋ねた。

「ううん、生まれたの。年末に」

「展開が早すぎるよ、私がなんにも知らないあいだに！」

本村は思わず叫び、使った食器を台所に下げて乱暴に洗った。母親が本村に気をつかい、従姉の結婚や妊娠や出産を報告してこなかったのだ、ということはわかる。わかるが、「私はそこまで気をつかわれなきゃいけない存在なのか」と思うと情けないやら悔しいやらで、怒りがこみあげてくる。

本村のいらだちの理由をわかっているだろうに、

「そんなにがしゃがしゃやらないで」

と、母親はダイニングから注意を寄越してくる。「まったく、あなたちゃんと一人

暮らしできてるの？　おうちのお茶碗やお皿、全部欠けちゃってるんじゃない」

自分には落ち度も失言もまるでなかった、と言わんばかりではないか。本村はますます腹を立て、食器を洗うスポンジを猛然と揉んで、ソフトボールぐらいの泡をこしらえた。

父親は「君子危うきに近寄らず」戦法で、元日に届いた年賀状を改めて眺めたりなどしていたが、後刻、本村を初詣に誘ってきた。

近所の小さな神社へと二人で歩く途中、父親はぼそりと言った。

「お母さんも悪気はないんだ」

神社の拝殿に向かって熱心に手を合わせる父親を横目で見て、「『紗英も早く結婚できますように』とかお願いしてるのかな」と、本村はめずらしくどす黒い思いを抱いた。

本村の案に相違して、父親は拝殿をあとにしながら、

「紗英の研究がうまくいくようにお祈りしといたぞ」

と優しい声で言った。「オオイヌノフグリだっけ？」

「シロイヌナズナね」

そう答えた本村は、疑心暗鬼になった自分が恥ずかしく、ほとんど泣きそうであった。

父親は短い参道にぽつぽつと並んだ屋台で、リンゴ飴《あめ》を買ってくれた。子どものころ、本村の好物だったものだ。いまとなっては甘すぎるうえに赤すぎるし、なかのリンゴもなんだかしなびているように感じられたが、本村は全部食べた。

帰宅すると、テレビで箱根駅伝を見ながら待っていた母親が、

「神社、並んでた?」

と笑顔で聞いてきた。「もう五区よ」

本村はソファに座る母親の隣に腰かけた。ちょっと甘えたい気分になって、ぐいぐい距離を詰めると、

「なにさ」

と母親が腰で押し返してくる。ソファのうえで、しばし押しあった。

本村は母親の肩に半ば体重を預けながら、従姉に携帯からメールを送った。すぐに返信が来て、それには生まれたばかりの赤ちゃんの写真が添付されていた。リンゴ飴みたいに丸くて赤い。

「かわいいねえ」

と、母親とともに写真を眺めた。

ジーンズのウエストがきつい状態で、本村は新しい年の活動を開始した。とはいえ、前年までと大きく変わるところはない。研究は淡々と積み重ねるほかないので、あいかわらず理学部B号館に籠《こ》もる毎日だ。

強いて言えば、ちょっとした変化をいくつか挙げることはできる。

正月休みを終え、本村が両親の家からアパートに戻ると、窓辺のポインセチアが元気をなくしていた。人気《ひとけ》のない部屋で夜間の冷えこみに耐えきれなかったらしく、葉が何枚も落ちてしまっている。持ち運ぶにはやや大きな鉢といえど、藤丸を見習って、帰省の際に同伴すればよかったと本村は後悔した。現在、室温に注意しつつ経過観察中である。

一方、栽培室のチャンバーのなかでは、シロイヌナズナが順調すぎるほど順調に育っていた。さすが、「緑の指」を持つ加藤《かとう》が世話をしただけのことはある。

「ひとさまのシロイヌナズナを枯らしちゃったら、一大事ですからね」

と、加藤は晴れやかな顔で言った。「なにごともなく正月を乗り切れてよかったです」

「ありがたいんだけど、気持ち悪いぐらい元気に育ちすぎ」

と岩間《いわま》はぼやいた。予想以上の育ちぶりに、気孔《きこう》を観察する時機を逸《いっ》さぬよう、葉を採って透明化する作業に追われるはめになったからだ。

本村は四重変異体《よんじゅうへんいたい》の株を得るべく、千二百粒の種を順次播《ま》く作業を行っていた。これが大変で、「種採《たねと》りのほうが百万倍簡単だった」とため息をつきたくなるほど根気がいる。

立方体のスポンジのようなロックウールに水を含ませ、そこにシロイヌナズナの種を載せていく。指やピンセットでは作業できないほど、種は小さい。濡らした爪楊枝《つまようじ》のさきに一粒ずつ種をくっつけては、黙々とロックウールに移すのである。

トレイ半枚ぶんの種播《たねま》きを終えた段階で、すでに肩凝《こ》りの徴候が見られた。この作業を、千二百回も……！　本村は二階の栽培室で一人、小さく「ぎゃー」と叫ばずにはいられなかった。

折悪《おりあ》しく栽培室のドアが開き、川井《かわい》が顔を出した。肩をぐるんぐるんまわしながら、

「ぎゃー」と言っている本村を見て、

「……いま、いいかな」

と川井は遠慮がちに尋ねた。

「大丈夫です。はい、全然」

本村はあわてて腕を下ろし、川井に向き直る。

「モノフィレアについて調べてみたんだけど」

と言いながら栽培室に入ってきた川井は、本村が種播き中なのを見て取り、手伝いを買って出てくれた。残り半分のロックウールに種を播いていく。川井の爪楊枝さばきは素早く正確だった。

「川井さんはシロイヌナズナをあまり使わないのに、慣れてますね」

「まあ、年季の差だよ」

と川井は笑った。「僕はいまはコケの研究がメインだけど、ご多分に漏れず、シロイヌナズナも学部のころからやってたから」

やはり私は不器用なんだろうか、と落ちこみかけていた本村は、川井の言葉で少し気持ちを浮上させた。私は学部生時代、大腸菌《だいちょうきん》をやっていたのだから、シロイヌナズナの扱いに多少不慣れでもしょうがない、と。

大腸菌の扱いには秀でていたのかというと、そうでもない。シャーレのなかで菌を死滅させてしまうことがあったし、院生生活もすでに三年に及ぶのに、いまだシロイヌナズナの種播きにひーひー言っている。だが、そのあたりの不都合な真実には、科学者らしくなく蓋《ふた》をしておく。

「そうだ、それでモノフィレアなんだけどね」

と川井は言った。「今回、僕が行くのは、ボルネオ島のなかのインドネシア領なんだ。めずらしいコケがいろいろあるって、インドネシア国立B大のブランさんが声をかけてくれたから。ところが、本村さんが欲しがってるモノフィレアは、ボルネオ島の北部、マレーシア領に生えてるみたいなんだよね」

「じゃあ、採集は無理そうですね」

本村はがっかりしたが、なるべく表情に出さぬよう努めた。希少種の保護や疫学的な観点から、研究目的といえど、海外での植物採集には煩雑な手続きが必要だ。研究の目的と方針を事前に相手国に申告し、きちんと許可をもらう。ラン科などワシントン条約に触れるものは、当然ながら許可が下りないし、それ以外の植物も好き勝手に採集したり持ち出したりはできない。川井は本村たちのリクエストに応えるべく、調査目標となる植物の詳細なリストを作成しているところらしい。

「うん。でもメールで聞いたら、ブランさんがモノフィレアを育ててるらしいんだ。うまくいけば株を分けてもらえるかもしれない」

「ほんとですか！」

本村はついつい、喜びに弾んだ声を出してしまった。

「いや、許可が下りたら、だから」

川井がなだめる。「あまり期待しすぎないで待ってて」

「はい」

種播きを終えたトレイをアルミホイルで覆い、栽培室の隅にある冷蔵庫に収めた。こうして三日ほど寝かせてからチャンバーに移すと、発芽《はつが》のタイミングをそろえられるし、発芽率も上げられる。本村は冷蔵庫に向かって、「四重変異体、四重変異体」と念を送った。これまた科学者らしくない行いだが、四重変異体ができるのは確率的に、千二百粒のうち四粒だけなのだ。もう、神頼みするほかない。

「むーん」と冷蔵庫をにらみつける本村を見て、

「そのなかに四重変異体があるといいね」

と、川井は励ましと明るい希望を宿らせた口調で言った。「ところで、松田《まつだ》先生は最近変じゃないかな」

最近どころか、わりといつも変だ。という旨を遠まわしに述べようとして、本村は思いとどまった。たしかに思い当たる節がある。葉を落としたポインセチア、むくむく成長したシロイヌナズナに次ぐ、三つめの「ちょっとした変化」だ。

円服亭《えんぷくてい》での忘年会の夜から、松田はどことなく沈んだ様子だった。新年にはもとどおりになっているかと思いきや、研究室の衝立《ついたて》の向こうでしばしば、「うーん」とか「おぉう」とかうなっている。窓辺の植物に水をやりながら、ぼんやり遠くを眺めているときもある。その結果、先日は盛大に水をあふれかえらせ、秘書の中岡《なかおか》に怒られながら床を拭いていた。

どうしたんだろう、と本村は心配してはいたのだが、研究や講義は通常どおり行っているようだったし、本村にはほかに考えなければいけないことがあったので、ついあとまわしにしてしまっていた。「ほかに考えなければいけないこと」とはもちろん、シロイヌナズナの種播きをどうこなすかと、正月太りをいかに解消するかである。

松田の様子がふだんとちがうと、川井も気づいていたのだ。本村は心強く感じ、

「はい、私もそんな気がしていました」

と勢いこんで答えた。「松田先生、なんとなく元気がないですよね」

ところが川井は、

「え？　そうかな」

と言う。「むしろ、ものすごく話しかけてくるんだけど」

予想外の川井の証言に、本村はたじろいだ。

松田は細やかな指導をする教授だが、同時に学生や院生の自主性を尊重するタイプでもある。院生があまりにもとんちんかんな方向の実験をしようとしていると、すぐに察知して助言を与えてくれるけれど、そうでないかぎりは基本的に口出ししてこない。

失敗から真実が導きだされることは多々あるし、そもそも正解があらかじめわかっている研究などない。松田は、丁寧さと正確性を欠いた実験や研究には手厳しいが、院生の自由な発想を封じるような真似は絶対にしなかった。必然的に、ただでさえ無口な松田が頻繁に話しかけてくるケースなど、あまり生じないということになる。

特に川井は、院生ではなく助教だ。松田研究室に所属しているとはいえ、一人前の研究者なので、頼まれてもいないのに松田が川井の研究にお節介を焼くなどありえない。

「コケについて、なにか言ってくるんですか？　松田先生が？」

本村がおそるおそる尋ねると、川井は首を振った。

「まさか。松田さんはああいうひとだから、好きなようにやらせてくれてる。そうじゃなくて、『インターネットでよさそうな寝袋を見つけたのですが』とか『ジャングルに行くとなったら、トレーニングが必要でしょうね』とか、隙を見ては雑談を持ちかけてくる」

「なんででしょうか」

「僕も『なんで』と聞きたいよ。でも、なんだか鬼気迫る感じだから、『寝袋はもう持ってるんで』とか『高校時代は山岳部でしたし、いまも週末にちょくちょく友だちと山へ行ったりしてます』と答えているんだ」

世の中に鬼気迫る雑談というものがあったとは、と本村は身震いした。

「本村さんには、そんなに話しかけてこない？」

「はい。会話の頻度も内容もいつもどおりです」

いったいなんなんだろうねと、本村と川井は首をひねりあった。機会があったら松田に探りを入れてみよう。本村は心の帳面にメモをした。

松田はなぜ、川井に対してだけふだんの無口さをかなぐり捨てるようになったのか。その謎を解くヒントを、本村は思いがけず早くつかむことができた。

正月に欲望のおもむくまま餅を食べたせいで、本村の腹まわりはまさに餅のようになっている。「肉がつまめる……!」と衝撃を受けた本村は、以前よりもいっそう身を入れ、研究の合間の散歩に取り組んでいた。

その日も早足でT大のキャンパス内を歩きまわり、池のほとりからY田講堂まえに出た。一息入れようかとベンチのほうを見やると、広場を囲む植え込みの一角で、諸《もろ》岡《おか》がなにやら作業している。昨秋、本村たちもサツマイモの収穫を手伝った場所である。

だが、いまはまだ一月の半ばなので、イモを植えるには早いはずだ。本村は怪訝《けげん》に思い、諸岡のほうへ近づいていった。諸岡は作業着のうえにジャンパーを羽織り、イモ畑として活用している区画に鍬《くわ》を振るっていた。

「こんにちは」

と声をかけると、諸岡は手を止め、

「ああ、本村さん」

と笑顔になった。寒い日だったが、諸岡の額にはうっすらと汗がにじんでいた。

「もう植えつけですか？　なにかお手伝いしましょうか」

「いえいえ」

諸岡ははめていた軍手の甲で汗をぬぐう。「サツマイモの植えつけは五月ごろです。痩《や》せた土地でもよく育つので、事前の手入れもあまり必要ではないのですが、ここは少々土が固くてね。ちょっと耕しておこうと思った次第で」

諸岡の足もとから、甘く湿った土の香りが立ちのぼってくる。諸岡は長靴を履いた足さきで、掘り返された小石を器用に植え込みの隅へ転がした。

「そういえば」

と、諸岡が身を乗りだしてきた。杖のように鍬に体重を預けている。

「そちらの川井くんが、ボルネオへ調査に行くそうですね。市場にどんなイモが並んでいるか、写真を撮ってきてくれないかなあ。イモ畑があったら、それもぜひ写してほしいのですが」

さすが諸岡先生、イモ情報を入手するあらゆる機会を逃さない。本村は感服し、

「伝えておきます」

と請けあった。「ところで、諸岡先生。松田先生の様子がなんだか変なんですが、お気づきでしょうか」

諸岡からすると松田は十五歳ほど年下だが、ともにT大の出身だ。そのうえ、諸岡は教員として長くT大に勤務してきたので、松田が院生のころから親しいらしい。いまだに一緒にお弁当を食べるほどの仲だから、最近の松田の不審な言動を感受しているのではないか。本村はそう思い、ふと尋ねてみたのだった。

「さあ、変とはどういうふうに?」

期待に反して、諸岡はなにも気づいていなかったようだ。松田の言動がふだんから基本的に不審なためなのか、諸岡も松田も植物に夢中で互いの言動にはそれほど注意を払っていないためなのか、どちらなのかはわからなかった。

「私には、松田先生がいつにも増してその……、暗いように感じられるのですが、川

井さんにはやけに熱心に話しかけてくるとかで。今日も川井さん、『ボルネオに持っていったらどうでしょう』と、高性能な懐中電灯のカタログを渡されたそうです」

「懐中電灯?」

諸岡はのほほんと首をかしげた。「松田先生、アウトドア派に転向したのでしょうかね」

「それはないと思います。十万円ぐらいする懐中電灯で、川井さんが困惑していました。『先生は僕を、ジャングルの警備にあたらせたいのかなあ。夜間はテントで寝るだけなのに、こんな強力な懐中電灯を持っていったら、ものすごく遠くから虫がいっぱい集結してきちゃうよ』って」

「ずいぶん高価な懐中電灯があるんですねえ」

と、諸岡は的はずれな感心をしていたが、「もしかしたら」と表情を改めた。

「松田研では、ほとんど調査旅行はしていないですよね」

「はい。先生が究極のインドア派なこともあってか、私の知るかぎりでは、今回の川井さんがはじめてです」

「なるほど」

と諸岡はつぶやく。

「先生、なにかご存じでしたら教えてください。川井さんは、通常の研究に加えてボルネオ行きの準備もしなければならないのに、連日のように松田先生がアウトドア用品を売りこんでくるので、お疲れ気味です。私も、先生がなにをそんなに気にしていらっしゃるのか、心配で……」

諸岡は耕した地面を鍬で均《なら》しだした。作業しながら、なにか考えている。本村は広場の端に立ち、辛抱強く待った。

ややあって、諸岡は口を開いた。

「松田先生には院生時代、同期がいたんです。院からT大に来た奥野《おくの》くんといって、松田先生に負けず劣らず、とても優秀でした。しかも快活な男で、その点では松田くんと正反対。それがかえってよかったのでしょうね。松田くんと奥野くんはおおいに気が合い、仲のいいライバルになりました」

諸岡が松田を「くん」付けで呼んでいることに、本村は気づいた。すべてを過去形で語っていることにも。

諸岡はいつのまにか鍬を動かすのをやめ、地面に視線を落としていた。そこに過去の風景が映しだされているかのように。

「『仲のいいライバル』とは言葉が矛盾している、と思うひともいるかもしれませんが、本村さんならおわかりになるはず。我々研究者はみな、お互いがライバルです。けれど、植物の不思議を少しでも解明するため、ときに助けあい、ときに議論しあって、ともに道を行く同志でもあるのです。そのうえ馬が合うとなれば、ライバルでありながらだれよりも親しい友人となるのも当然でしょう」

諸岡の言葉に、本村はうなずいた。よくわかる、と思った。

松田研究室の面々は仲がいいが、それでも、自分以外のだれかが実験で成果を上げたり、いい論文を発表したりすると、どうしてもあせる気持ちを抑えきれない。「いいな。なんで私の実験はうまくいかないんだろう」と、思わず嫉妬してしまうことだってある。大学や研究所で職に就き、研究をつづけるためには、着実に実績を積みあげて、相当狭き門をくぐらなければならないからだ。

特に岩間は、本村にとって気になる存在だ。「気孔」と「葉のサイズ」で研究対象は異なるが、同じシロイヌナズナを扱っているし、同性かつ年が近いせいもあって、意識せずにはいられない。いろいろ相談に乗ってもらうことも多く、岩間とは気が合うと本村は思っている。たぶん岩間も、そう思ってくれているはずだ。それでもやはり、二人はライバルでもあるのだった。

松田先生も、院生時代には同じような気持ちを抱いていたのだろうか。本村は考える。将来がどうなるのか不安で、でも研究が楽しくて、心を許せる仲間と支えあいしのぎを削りあって、顕微鏡を覗く日々を送っていたのだろうか。

「奥野さんというかたは、いまどうしているんですか？」

本村は尋ねた。声が少しかすれた。諸岡の答えは、本村が半ば予期していたとおりのものだった。

「亡くなりました」

と諸岡は言った。「調査採集に行った山で。詳しいことは、私からはなんとも……。ただひとつ言えるのは、奥野くんの死以降、松田先生がいっそう研究に打ちこむようになり、いっそう陰気にもなったということです」

諸岡はまた鍬を持つ手を動かしだした。本村は礼を言い、理学部B号館に戻った。

研究室の衝立の陰からは、松田ががさごそと探しものをしている気配がする。川井はパソコンに向かい、メールを打っている。ドア横に掛かった「居場所ボード」を見たところ、岩間は地下の顕微鏡室、加藤は温室に行っているようだ。

諸岡が話してくれたことが本村の体内でふくらみ、動悸がしてきた。松田が川井にアウトドア用品を次々勧めるのは、十中八九、山で亡くなったという友人のことが頭にあるからだろう。でも、それを松田に尋ねるべきなのか、勝手に川井に話していいものなのか、本村は悩み迷った。

気づけば本村は、自分の席でパソコンをにらみながら、「おぉう」とうなっていた。川井が怯えたように研究室を出ていくのと同時に、衝立の向こうから松田が姿を現した。

ようやく探し当てたらしい書類を手に、松田は言った。

「本村さん、もう少し静かに」

最前まで盛大に本の山を崩していたのは松田なのだが、もちろん本村は素直に、「すみません」と謝った。しかしその日はどうしても、ふとした拍子に「おぉう」が口から漏れてしまった。

シロイヌナズナの種播きは、あまりはかどらなかった。

夜になってアパートに帰った本村は、窓辺のポインセチアがさらに葉を落としているのを見て、本日最後の「おぉう」を発した。正月休みに寒さにやられて以降、ポインセチアの葉は次々に黄色くしおれていってしまっている。

葉の変色を望んではいたが、黄色くなってほしかったわけじゃないんだけどな。本村はため息をつき、かろうじて枝にぶらさがっていた葉をすべてつまみ取った。木にかかる負担を少しでも減らせば、息を吹き返してくれるかもしれないと期待して。

指で挟み持った葉はすっかり張りをなくし、黄色い小鳥の死骸のように痛々しいありさまだ。本村はポインセチアの根もとに固形の肥料を少量撒《ま》き、手洗いうがいをしてから豆腐を食べた。豆腐は安くて美味で栄養価も高いが、夕飯が豆腐だけというのは少々わびしい。しかし、深夜に帰宅して飯粒を食べてはダイエットにならぬと、腹肉を揉んで自分に言い聞かせた。つい誘惑に負け、弁当用に作り置いていた豚のそぼろを豆腐にかけてしまったのであるが。

歯を磨きシャワーを浴びた本村は、布団を敷いて横になった。枝から取ったポインセチアの葉は、捨てるのがなんだか忍びなくて、そのつど窓の桟《さん》に並べてきた。おかげで、乾燥すると葉が丸まり、イモムシのような形状になることを発見した。本村は整列した大量のイモムシに見守られながら目を閉じる。

早くもおなかが鳴った。明日はお昼に円服亭のデリバリーを頼む日だ。なにを食べようかなと考えながら、本村は眠りの世界に吸いこまれていった。アウトドア用品の営業マンと化した松田についても考えたかったのだが、空腹と眠気に取り紛れ、とても頭がまわらなかった。元来、本村は植物以外のことを考えるのが苦手だ。松田の感情の機微に触れる話題かもしれないと思うと、ますます、自分などが安易に尋ねていいものかと尻込みしてしまう。

結局、「円服亭のメニューでカロリーが低そうなのは、野菜サンドだな」と算段したところで、意識が途絶えた。

翌日の午前中、本村は研究室でパソコンに向かっていた。

新年になっても、松田研究室では週に一度、粛々《しゅくしゅく》とセミナーが行われている。毎回、一人が論文紹介、もう一人が研究発表をし、研究室の全員で議論する。教授の松田も含め、だいたい一カ月に一度ずつの頻度で、論文紹介と研究発表の順番がまわってくる計算だ。次週は本村が研究発表をする番なので、レジュメに使う写真を選定する必要があった。

しかし、本村の研究に大きな動きはない。交配によって得た千二百粒の種を順次播き、葉っぱのサイズや形状を注意深く観察しているが、そのなかに四重変異体の株が混じっているのか、いまの段階ではなんとも言えなかった。眉間を揉んだ本村は眼鏡をかけ直し、パソコン上に並べた写真を見比べる。記録用に、チャンバー内で育つシロイヌナズナを撮った写真だ。

もともと変異株《へんいかぶ》同士の交配を重ねてできた種なので、その種から芽生《めば》えた子葉《しよう》も、通常のシロイヌナズナとは異なる形をしたものが多い。ちょっと丸っこいかなとか、これはふつうよりも葉が大きめなんじゃないかとか、個性的な顔つきの葉を持つシロイヌナズナが散見される。とはいえ、通常のシロイヌナズナとのちがいはいずれも微細なものだ。シロイヌナズナを愛し、毎日毎日シロイヌナズナばかり眺めている本村だから、「この子の葉っぱは、ほかとちょっとちがうな」と気づけるのであって、たとえば加藤に写真を見せたところで、「うん、全部シロイヌナズナですね！」と笑顔で言うだけだろう。

現段階では、目を見張るほど大きな変異が表れている株はないし、見かけだけで「これが四重変異体の株だ」と断定することなどできない。もちろん、科学的に、なおかつ効率よく、四重変異体の株を見分けるための仕掛けや手法を、本村もいろいろ考え、準備してはいる。だがそもそも、「千二百粒の種のなかに、四粒ほど四重変異体の種があるはずだ」という本村の予想自体が、「確率からして、そうなるだろう」という根拠に支えられているにすぎない。実際には、四重変異体の種が一粒もできていないことだってありえる。

本村はぶるぶると首を振って、「四重変異体がひとつもない」という可能性を脳裏から払い落とした。もしそんなことになったら、交配と種採りと種播きの苦労がすべて水の泡だ。四重変異体を見分けるために準備しているあれこれも、全部空振《からぶ》りになってしまう。たとえるなら、千二百回バットを振れば、そのうち何回かは球に当てることができるだろうとがんばったのに、実は球が一球も投げられていなかった、みたいなものだ。つまり、一人で千二百回もぶんぶん素振《すぶ》りをしていただけ、ということになるわけで、おそろしい。

とにかく当面の問題は、次週の研究発表をどうするかだ。いまチャンバー内で育てているシロイヌナズナの写真を見せても、単なる「うちのかわいい子たち自慢」に終わってしまう。本村は再び眼鏡をはずして眉間を揉んだ。指に力がこもる。松田のように皺《しわ》が定着してしまいそうだ。

まあ、しかたがない。「研究は順調に進んでいます」などと嘘をついても意味がないので、現状について率直に報告し、今後どのように四重変異体を見分けるつもりでいるか説明しよう。松田や研究室の面々から、見分ける手法について、本村が考えついていないようないい知恵を出してもらえるかもしれない。

チャンバー内のスペースの問題もあり、千二百粒のシロイヌナズナの種を一気に播くことはできない。何回かにわけて育て、観察し、慎重に四重変異体の株を特定していく以外、道はない。早く結果を出したいとあせったら、願望と欲望に目がくらみ、科学的な正確性と信頼性を欠いた研究になってしまう。いや、そんなものは「研究」とは呼べないだろう。生きたシロイヌナズナを実験に使っているのだから、いいかげんなことはできない。真摯《しんし》に、着実に、少しずつ歩を進めるのを第一としよう。

眼鏡を装着した本村は、パソコンの写真フォルダを閉じ、今度はメールのチェックに取りかかった。本村は現在、合同セミナーの事務連絡係をしているため、ほかの大学の研究室とメールでやりとりしなければならない案件が多い。

研究は個人単位で進めるものだけでなく、さまざまな大学の研究室が協力しあって取り組むものもある。後者に関しては、各研究室が一堂に会して合同セミナーを開く。共同研究の進捗《しんちょく》や、それに関連しそうな個々人の研究成果を報告発表する場だ。合同セミナーはだいたい夏休みに開催される。学生がいない時期なので、あいた教室を会場として使うことができる。

松田研究室の事務連絡係となった本村には、合同セミナーに向けて決めなければならないことがいろいろある。開催する日時や場所、参加人数の把握、弁当の手配などなど。種播きだけでもいっぱいな頭のなかが、ますます大混乱な状態だが、他大の院生とメールで交流するのは楽しくもあった。なにしろ相手もみんな、植物に夢中なひとばかりだ。追伸として「最近おもしろかった論文情報」が書かれていたりすると、全員がそこに食いつき、本来の事務的な用件そっちのけで、追伸のほうが長いメールが盛んに行き来するのだった。

しかし、本村が研究室の自席に陣取っていたのは、パソコンを使う用事が重なっていたためだけではない。一番の目的は、松田の様子をうかがうことだ。諸岡から少しだけ聞いた、松田の過去。それがどうしても気になって、話を切りだすべきか否か迷いつつも、研究室で二人きりになるチャンスをなんとなく探っていたのだ。

昼が近くなった。研究室はひとの出入りが多く、なかなか都合よく本村と松田だけにはならない。しかも最前から、衝立の向こうは静まりかえっている。メールチェックが一段落した本村は、そろそろと席を立ち、衝立の陰から松田の机を覗いてみた。

衝立の向こうは、無人だった。本村がメールを打つのに集中するあいだに、松田は研究室を出ていっていたらしい。

そこに先生がいるものと思って、気を張っていたのに。本村はなんだか恥ずかしくなった。隣の連れに話しかけているつもりが、電信柱に向かってしゃべってしまっていた、と判明したような気まずさだ。自身の不審な言動をだれかに目撃されていたのではないかと、室内を見まわす。松田だけでなく、ほかのメンバーもいつのまにかいなくなっていた。

「研究室で一人あたふたするひと」になってしまった。本村が赤面した瞬間、ドアが開き、

「こんにちは、円服亭です」

と藤丸が入ってきた。ふいをつかれて本村は飛びあがった。藤丸はデリバリー用の銀色の箱を床に下ろし、顔を上げた。本村が着地したのはそれと同時だったので、赤

面ジャンプを藤丸に見られずに済んだようだ。

本村はなにくわぬ顔をして、銀色の箱にかがみこんだ藤丸に近づいた。

「みなさんお留守なようなら、料理は箱に入れたままにしておくっすけど」

「いいんです、いいんです。そのうち戻ってくるでしょうから」

「そうすか？　あ、でも野菜サンドはあったまっちゃうから、出しておいたほうがいいな」

藤丸がいの一番に箱から取りだした野菜サンドの皿を、「それ、私のです」と本村は受け取る。

「へえ、めずらしいすね。だいたいいつも、みなさんオムライスかナポリタンを注文されるから。『だれが野菜サンドを頼んだのかな』なんて大将と言ってたんです」

本村は、やっと赤みが引いた頰に、また血流が集中するのを感じた。

「お正月に太ってしまったもので……」

律儀に申告してから、「黙っておけばよかった」と後悔した。こんなことを言われても、藤丸さんだって困るだろう、と。

藤丸は残りの皿も箱から出しつつ、さりげなく本村の顔に視線を向け、

「そうすかね」

と言った。

「ほんとだ」でも「そんなことないすよ」でもなく、非常にニュートラルな「そうすかね」だったので、本村はなんとなく救われたような気分になった。残念なことに、膨張が著しいのは顔じゃなく腹まわりなのだけれど、と思い、「いやいや、藤丸さんにおなかを見せる機会はないから」と急いで打ち消す。

藤丸を手伝い、研究室の面々が注文した料理を配膳した。フォークやスプーンを並べる本村の隣で、藤丸がコンソメスープの入った保温水筒を大机に置く。

「さっき、なんか変な動きをしてましたね」

「さっき?」

「俺がドアを開けたとき」

見られていたのか。本村は今度は心臓が飛びあがりそうになり、ぎこちなく藤丸のほうを向く。藤丸は真剣な表情だった。一人であたふたしていた本村を茶化そうというのではなく、ただ心配してくれているのだと感じられて、本村は胸が詰まる思いがした。

私は藤丸さんになにも返せないのに。ううん、この考え自体が傲慢だ。藤丸さんは、そんなことちゃんとわかっている。わかっていてそれでも、「なにかあったのかな」と純粋に心配してくれているんだ。見返りなんて期待せずに。

植物の研究をするときと同じだ、と本村は思った。大きな発見をしたら、称賛されたり地位や名誉が降ってきたりするかもなどと、見返りを期待して研究しているひとはいないだろう。そんな動機で、地味な実験の日々を長年送れるはずはない。ただ植物が好きで、植物をもっと知りたいから、研究する。

愛、という言葉が浮かんだ。

本村は体の底から力が湧いてくるのを感じ、背筋をのばして藤丸に尋ねた。

「もし、謎を解く鍵を手に入れたら、藤丸さんはどうしますか？」

本村の発言が予想を超えていたらしく、藤丸は二、三度まばたきした。

「使ってみますね」

あまりにもあっさりした答えだったので、本村は「えっ」と驚いた。そんな本村を見て、

「えっ、なんか変でしたか？」

と藤丸も驚いたようだ。「ゲームの話っすよね？　俺、最近のゲームをあんまりやってないからなあ。すぐ寝落ちちゃうから、スマホも充電しなくても余裕で三日は保《も》つぐらいで」

よくわからない言い訳をはじめた藤丸に、

「いえ、ゲームの話ではないんです」

と本村は言った。「あるひとの、謎を解く鍵です」

藤丸は、今度はゆっくり一度まばたきした。

「謎を解くと、そのひとの足を引っぱることになったりするんすか？」

本村はちょっと考え、

「たぶん、ならないと思います」

と答える。

「じゃ、使ってみますね」

やっぱり、あっさりしている。本村がややたじろいでいると、藤丸は笑った。

「だって本村さん。植物の研究で、謎を解く鍵を手に入れたらどうしますか。使ってみるんじゃないすか」

「はい。でも、それとこれとは……」

「同じっすよ」

藤丸の答えはあくまでも明快だった。「知りたいと一度思ってしまったら、だれが止めても使ってみちゃうもんじゃないすか」

本村は内心を点検し、そのとおりだとうなずいた。ときに歯止めが利かないから、好奇心とはこわいものだ。人間関係において、「余計なことを知らなきゃよかった」という事態はあちこちで多発していそうだ。

もちろん好奇心にはいい面もあって、科学の世界はそれがなければはじまらない。本村も、「知りたい」という好奇心に突き動かされて研究している。だが、倫理や良心を常に自分に問うてもいる。「地球を破滅させるような研究をうっかり進めていた」などということになってはいけないからだ。好奇心の功罪にだれよりも自覚的なのは、研究者かもしれない。

ちょうど研究室の面々が部屋に戻ってきて、藤丸との会話はそこまでとなった。藤丸は松田から代金を受け取り、銀色の箱を提げて帰っていった。オムライスを食べる松田と川井を眺めながら、本村も野菜サンドにかぶりつく。ふわふわのパンに、新鮮なレタスとキュウリとトマトが挟まれていた。マスタードが控えめに利いているのが、またおいしい。

松田に過去を尋ねたとしても、地球が破滅する事態にはなりようがないはずだ。本村は諸岡から授けられた「鍵」を、心のなかで握りしめた。とはいえ、いまなによりも優先すべきは、自分の研究だ。

昼を食べ終えた研究室の面々は、食休みも兼ねてパソコンに向かったりコーヒーを飲んだりしている。このタイミングで、松田が研究室で一人になることはなさそうだ。本村は松田に接触するのをとりあえず棚上げし、二階の栽培室へ向かった。遅れ気味の種播きをしなければならない。

しばらく作業に没頭し、トレイ一枚ぶんのロックウールにシロイヌナズナの種を播いた。播き終わったトレイにアルミホイルをかぶせ、冷蔵庫で寝かせる。やっぱり実験って料理と似ているところがあるなと、本村は一人で微笑んだ。藤丸さんもこんなふうに、唐揚げ用の肉に味を染みこませたのだろうか、と。

チャンバー内では、さきに収めたシロイヌナズナがすでに発芽している。本村はチャンバーの温度と湿度が適切に保たれているかを確認したのち、トレイを取りだして長机に置いた。なにか通常と異なる様子の葉はないかと、顔を近づけて観察する。

少し子葉が大きい気がする株があったが、希望的観測が目の錯覚を呼び起こしているのかもしれない。いつもどおり写真を撮り、気になる葉を出した株が植わっているロックウールに、目印として爪楊枝を刺した。もう少し葉が成長しないと、四重変異体候補なのかどうか判断ができない。

いずれにせよ、いまのところ実験はちょっとずつだが前進している。たぶん。少なくとも、なんらかの変異が表れた葉を持つシロイヌナズナが育っているので、本村の意図どおりに交配はできているはずだ。あとはうまく絞りこんで、千二百株のなかから四重変異体を探しだせばいい。

探しだすのが手間だし難しいのだが、たとえ四重変異体の株ではないとしても、シロイヌナズナの成長を見守るのは楽しい。ロックウールに並んだ緑の葉を眺め、本村は知らぬまに鼻歌を歌いだしていた。

だが、メロディーは中途半端に途切れた。栽培室のドアが開き、川井と松田が入ってきたからだ。

「先生、今日こそはっきりさせましょう」

いつになく強い口調で川井は言った。「どうしてそんなにアウトドア用品を勧めるんです」

「しかし、きわめて軽量かつ頑丈だというテントの情報を入手したので……」

「テントももう準備してます」

「そうですか」

と、松田はテントのカタログを手に、ちょっとがっかりしたようだった。

そこで川井と松田はようやく、栽培室にいる本村に気づいたらしい。「おや、いらしたんですか」と松田は言い、チャンバーの排水を受けるバケツの下に、持っていたカタログを敷いた。積極的な営業活動をごまかすため、「水漏れ対策をしにきただけ戦法」を採ることにしたもようだ。最近の松田の、一連の言動の真意が那辺にあるのかわからず、川井の困惑も深まっているように見受けられた。

チャンスだ、と本村は思った。松田の内心に踏みこみすぎる行いかもしれないが、ここで聞かずにおいたら、松田も川井も「最新のアウトドア用品に妙に詳しいひと」になっただけで終わってしまう。松田の雰囲気がいつもに輪をかけて暗いせいで、本村も気になって研究に専念できない。

「先生」

と本村は松田に向き直った。「先生が川井さんを心配してらっしゃることは、よくわかります。でも、ボルネオになにを持っていけばいいかは、川井さんがちゃんと調べていると思います」

「そうですよ」

ここが肝心とばかりに、川井が力強くうなずいた。「B大のブランさんとも連絡を取りあって装備をそろえていますし、現地の森に詳しい地元のひとにも、ガイドをお願いしています」

「そうは言っても、ジャングルに行くのですから、なにが起きるかわからないでしょう」

松田の不安は晴れないようだ。「ボルネオには象がいると聞きます。踏みつぶされるかもしれません」

「都会を歩いてたって、車にはねられることはありますよ」

松田が杞憂としか表現できぬようなことを言いだしたので、川井はだんだん、「あれこれ取り越し苦労するおばあちゃんをなだめる孫」みたいな口調になってきた。

すから」

「象のテリトリーにお邪魔するのは僕たちのほうだと胸に刻んで、注意して行動しますから」

「諸岡先生から聞きました」

本村はとうとう、「鍵」を使って謎の本丸に突入した。「松田先生は以前、山でお友だちを亡くされたことがあるそうですね。もしかして先生の心配には、そのことが関係しているんですか？」

松田は表情を動かさなかった。だが、眉間の皺が深まり、本村の言葉を契機に自身の内面に深く潜《もぐ》っていったことが、凪《な》いだ目の光からうかがわれた。川井はなにも知らなかったらしく、驚いたように本村と松田を見ている。本村はどきどきしながら松田の反応を待った。

自分の心を点検し終えたのか、

「たしかに、本村さんの言うとおりかもしれません」

と、ややあって松田は言った。「川井くんを心配しているつもりが、私の言動によって、かえってみなさんに心配をかけていたようですね」

すみません、と松田に頭を下げられ、本村と川井はあわてて首を振る。

話はそこで終わりになるかと思われたのだが、松田は本村の予想以上に真面目できっぱりした性格だった。自分の研究室の面々に心配をかけたのに、物事をうやむやなままにしておいてはいけない、と考えたらしい。本村が知りたいと願っていた過去の出来事について、自発的に、しかし静かに、語りはじめた。

「本村さんは諸岡先生からすでにお聞き及びかもしれませんが、私には院生時代、奥野くんという仲のいい友だちがいました。実験に協力しあったり、研究について議論したり、互いの下宿を訪ねては酒を飲んだりしたものです」

松田によると、「おまえの論文、いつも英語が変」「おまえの論文こそ、まどろっこしい言いまわしで論旨が明快じゃないだろ」などと喧嘩することもあったが、概《おおむ》ねは奥野と楽しく研究生活を送っていたのだそうだ。

「D2（博士課程二年）の夏のことです。奥野が西表島《いりおもてじま》に旅をする、と言ってきました。二週間ほど行くので、そのあいだチャンバー内の植物の世話をしておいてほしい、と」

奥野は以前から山登りが趣味だったし、ついでに植物を観察したり写真を撮ったりしていた。気になる植物を見つけたら、許可を取って採集してくることもあった。山登りだけでなく、沢登りにも挑戦してみたいと言っていたので、西表は奥野の趣味と研究を実践するのに最適だったのだろう。だから松田も、「わかった、チャンバーのほうは任せてくれ」といつものように答えた。

「しかしそのときにかぎって、なぜか奥野は、『西表でなんか欲しいものあるか』と聞いてきたのです。ふだんは山から帰ると、こちらが尋ねなくても、撮った植物の写真を見せびらかしてくるくせに。まあ、距離的にも、貧乏院生だった我々としては金銭的にも、西表はそうしょっちゅう行ける場所ではありませんからね。それで私も、奥野が見せた厚意に対し、『じゃあ、腐生《ふせい》植物があったら、写真を撮ってきてくれ』と気軽に答えました」

ちょうど松田は、自らでは光合成《こうごうせい》を行わない腐生植物についても、興味が湧いてきたところだったからだ。

「おう、任せとけ、と奥野は言いました」

奥野は大きなザックを背負って旅立っていった。そして帰京するはずだった日から三日後に、西表島の原生林の崖下で、転落死しているのが発見された。

「その一報を受けたときからの記憶が、あまり定かではありません」

と松田は言った。「ただただ衝撃で、悲しみも驚きもなく、呆然としていたように思います」

奥野の実家は兵庫県の山のほうにあり、松田は当時の研究室の教授とともに葬儀に駆けつけた。行きの新幹線のなかで、松田も教授も一言もしゃべらなかった。松田は悪い夢のなかにいるような心地だったし、定年が近かった教授は、かわいがり期待していた院生の突然の死に悄然とし、一気に老けこんで見えた。

奥野の両親と姉は、気丈な様子で僧侶の読経を聞いていたが、泣き腫らした目は隠しようがなかった。祭壇には、日焼けして快活に笑う奥野の遺影が掲げられている。その写真を指して、事態を飲みこめていない奥野の小さな甥っ子が、「おじちゃん？」と無邪気に尋ねている。それを奥野の姉が、「そうよ。静かにね」と優しくたしなめた。松田はなにかの塊が胸に詰まったようになって、あわててうつむいた。

焼香し、手を合わせても、奥野が死んだことがピンとこなかった。俺や先生がこうしているあいだにも、奥野はT大の研究室に帰ってきているんじゃないか。「あれ？だれもいないのかな」などと言って、土産の菓子を机に置き、さっそくチャンバーの植物を見にいっているんじゃないか。松田には、どうもそう思えてならなかった。

棺の蓋にある小窓は閉ざされたままだった。真夏のことだし、奥野が発見されるまで時間が経過していたうえに、司法解剖も行われたからだろう。最後に奥野の顔を見られなかったためか、松田はなおのこと友人の死を実感できなかった。

出棺までの短いあいだに、奥野の両親は教授と松田に挨拶をしにきた。「いままで息子が大変お世話になり」とか「遠いところをわざわざ」といった礼の言葉を、両親は丁寧に述べる。老教授はハンカチを顔に押し当て、悔やみの言葉もうまく出ない様子だ。両親の憔悴を目の当たりにした松田も、ご愁傷様ですなどという紋切り型の表現を使うのがいやで、いやというよりも「奥野が死んだなんて嘘だ」という憤りに似た感情が湧いてきて、もう心のなかがぐちゃぐちゃだった。口を開いたらわけのわからないことを叫んで暴れだしてしまいそうだったから、ただ頭を下げた。

「奥野は崖下に落ちて、しばらくは息があったようなのです」

松田は目を伏せた。「当時は、いまほどどこでも携帯が通じる状態ではなかったですし、そもそも奥野は携帯を持っていませんでした。『縛られるみたいでいやだ』と言って」

奥野と、奥野の身近なひとたちが感じただろう苦しみが胸に迫り、本村は身じろぎもできなかった。頭の片隅で、ぼんやりと考える。なぜ、しばらく息があったとわかったのだろう。司法解剖の結果、判明したのだろうか？

本村の疑問を察したのか、松田はわずかに笑みを浮かべた。表情筋の痙攣だったのかもしれない。

「奥野のご両親が、『とても穏やかな顔をしていました』と言って、写真を差しだしてきたのです」

それは、奥野の遺体のそばに転がっていたカメラの、フィルムを現像したものだった。二十枚ほどの写真を受け取り、松田は順に眺めていった。河口に根を張ったマングローブの木。青く澄んだ海。湿地で咲く可憐なナリヤラン。人家の軒先で昼寝する猫の写真もあった。「あいつ、これを見せて絶対、『イリオモテヤマネコだ』と言い張るつもりだな」と松田は思い、少しおかしくなった。

だが、最後の写真を見たとたん、松田は凍りついた。

「それは、崖下の地面を至近距離から撮った写真でした」

松田は平板な口調で言った。「『ピンぼけしているのですが、落下の衝撃で撮れたものではなく、なにかを撮ろうとしたのだろうと、警察のかたはおっしゃっていました』と奥野のご両親は言いました」

松田には、わかった。そこになにが写っているのかが。

奥野は最後に、松田が頼んだ腐生植物の写真を撮ったのだ。

「私はすべてを察しました。奥野が崖から落ちたのも、崖下に腐生植物を発見したか、腐生植物がありそうだと思ったかして、身を乗りだしたからでしょう。私が『腐生植物を』などと言ったために……」

「先生、それは」

と川井が口を挟もうとしたが、松田は聞こえていないかのようにしゃべりつづけた。

「あのときほど、あらゆる感情と思考が押し寄せたことはありません。私はこわくなりました。この真実をすぐにでも奥野の両親に打ち明け、赦《ゆる》しを乞いたいと思いましたが、そんなことを言われてもご両親だって困るだろう、『あなたのせいではない』などと心にもない言葉を言わせる苦痛をこのうえ味わわせるのかと迷い、結局なにも言いだせませんでした。しかし、よく考えれば、それも私の卑怯さが選択したことです。私は奥野の両親に泣いて責められるのがこわかった。自分が奥野の死の原因になったということを、受け止めきれなかった」

ただ、どういう心の働きだろう。ピンぼけした最後の写真だけは、なんとしても欲しくて、奥野の両親に譲ってくれるよう申し入れた。なにも知らない両親は、「焼き増しできるから」と快く写真をくれた。

松田は沈黙したまま、教授とともに東京へ帰った。帰りの車中で、松田は何度もワイシャツの胸ポケットから写真を取りだし、眺めた。教授もきっと、奥野が最後に撮ったのがなんなのか、なぜそれを撮ろうとしたのか、気づいていただろう。だが、なにも言わなかった。

松田が新幹線の座席で写真を眺めるたび、隣に座る教授は松田の腕を軽くつかんだ。励まし慰めるようでも、残された教え子をこの世につなぎとめるためのようでもあった。

「奥野はなぜ、この写真を撮ったのだろう、という考えに私はとらわれました」

と松田は言った。「ひと知れず崖から落ち、救助が来る可能性はほとんどゼロの、絶望的な状況です。大怪我を負い、死を目前にした奥野の痛みと苦しみと恐怖は、口をつぐんだまま奥野の両親のまえから逃げだした私が感じたおそれなどとは、比べようもないものだったでしょう。にもかかわらず、奥野は最後の力を振り絞って、腐生植物の写真を撮った。これはもしかして、告発の一枚ではないか、と私は思いました。いわゆるダイイング・メッセージです。自分の死は、『腐生植物を』という私の依頼が原因となったものであると……」

「ちがいます！」

本村は思わず叫んだ。「ちがうと思います」

「はい」

松田はちょっと笑った。もう何度も何度も、そのことについて考えてきたのだとわかる表情だった。決して答えの返らぬ問いを繰り返すことに、半ば倦《う》み、半ば諦めたかのような。

「『奥野はそんな人間ではない』と、私は浮かんだ思いをすぐに振り払いました。崖から転落するという不幸な事故に遭遇し、死の恐怖と孤独に押しつぶされそうなときにも、それをだれかのせいにしたり、ましてや告発しようなどとは、微塵《みじん》も考えないようなやつだ、と。実際、彼は非常に合理的かつ心根の優しい男でした。私は必死に、『奥野は俺との約束を果たそうとして、最後に腐生植物の写真を撮ってくれたんだ。この一枚は奥野の友情の証《あかし》だ』と思おうとしました」

だが、振り払っても振り払っても、写真は奥野の告発であり指弾なのではないか、という考えは、松田の脳みそにこびりついた。松田はだんだん眠りが浅くなり、眠っても悪夢を見るようになった。

「夢のなかに奥野が出てきてくれればいいのですが、そう都合よくもいかないのです。見るのは、いやな感触だけが残るような、わけのわからない夢ばかりで。奥野が責めるなり許すなりしてくれれば、少しは楽になれるかもしれないのに、と見当ちがいにも恨めしく思うほどでした」

奥野の死から一カ月後には、松田は完璧な不眠症になっていた。もともと低血圧かつ顔色も悪いほうなので、当初は、教授をはじめ研究室のメンバーは松田の異変に気づいていなかった。だが、クマが濃くなって体重も減り、いよいよ幽鬼じみてきた松田を見て、周囲もしきりに心配するようになった。

「わかっていると思うが、きみのせいではないよ」

と老教授は言った。院生仲間も、「少し休んだらどうか」と、親身になって実験や研究の手伝いを申し出てくれた。

「しかし私は、B号館に通いつづけました。いや、ほとんど下宿に帰らず、籠もりきりだったと言っていいでしょう。頭では、『奥野は俺を責めてなどいない』とわかっていても、感情が追いつかず、なにかしていないと落ち着かなかったのです。体を休めても、どうせ悪夢を見るだけでしたしね」

実際、松田にはするべきことがたくさんあった。奥野は何本かの論文の草稿を遺しており、それを完成させようと、研究室のメンバーが一丸となって動きだしていたからだ。論文に必要な正確なデータを取るため、奥野がやり残した実験を行うことになり、松田はその中核を担《にな》った。

自身の研究も並行して進めねばならず、松田は日夜、顕微鏡を覗いたり実験室で試薬を調合したりする作業に打ちこんだ。もちろん、奥野が育てていたチャンバー内の植物の世話も怠《おこた》らなかった。奥野は、松田との約束を守った。だから松田も、奥野から託された植物を守り、ちゃんと実験をして、遺された草稿を完成させねばという一念だった。

そうは言っても、眠れない日々がつづけば、体力の限界はやってくる。松田はその日、理学部B号館の地下の顕微鏡室で、奥野のチャンバーから採った植物の細胞を調べていた。

そろそろ日付も変わろうかという、秋の深夜だった。地下の空間に人気《ひとけ》はない。顕微鏡のレンズ越しに、ほのかに発光する葉緑体《ようりょくたい》の粒が見える。眠気はまったく訪れないが、微熱があるのか体がだるかった。松田は顕微鏡から顔を上げ、椅子に座ったまま大きくのびをした。

「そのときです」

と松田は言った。「両腕を下ろし、再び顕微鏡を覗こうとした私の左肩に、だれかが手を載せたのです」

話が急に怪談じみてきた。本村と川井は思わず唾を飲みこみ、松田の言葉にいっそう耳を傾けた。

「足音も扉の開閉音もしなかったのに、いつのまにだれが顕微鏡室に入ってきたのだろう。振り向こうとして、左肩に置かれた手が視界に入りました」

「奥野さんだったんですね？」

と川井がかすれた声で尋ねた。

「はい、奥野でした。見まちがえようもなく、それは奥野の手でした」

松田はそのときのことを懐かしむように目を細めた。「驚いて動きを止めた私の肩を、奥野はぽんぽんぽんと三度叩きました。それで我に返って、私は今度こそ勢いよく背後を見ましたが、むろんのこと、そこにはだれもいませんでした。あとで気づいたのですが、その夜は、日付が変わったら奥野の四十九日という日でした」

本村は涙が出そうになった。奥野さんは、苦しむ松田先生の気持ちを軽くしたくて、幽霊になって現れたんだ。

ところが松田は、

「きみたち、いま非科学的なことを考えませんでしたか？」

と言う。「もちろん、幽霊を見るひとの存在を否定はしませんし、そういう経験をすることもありえるだろうと思います。現に、私も奥野の手を見ました。その手が私の肩を叩く感触もはっきり覚えています。しかし、いま語った私の経験にかぎって言えば、それらはすべて私の主観のみに基づくものであって、科学的に幽霊の実在を立証しうるような要素はないことに注意せねばなりません」

だいなしである。松田と奥野の篤い友情に感激したのはなんだったのか。本村と川井は、「はあ」と気の抜けた返事をした。

「私の脳は、たしかに奥野の手を認識しましたし、その手の重みを感じ取りましたが、私の理性は、あれは夢か、睡眠が極端に不足していた心身が見せた幻だろうと判断しています」

と、松田はつづけた。「しかし、不思議ですね。その出来事があって以降、私は再び眠れるようになりました。脳が、つまり心が紡ぎだした物語が、心を救うことがあるのでしょう。その意味で、やはり私は奥野に救われたのだと思っています。私の記憶のなかにいる奥野が、生前の彼の言動や人柄が、私を救ってくれたのです」

本村と川井はうなずいた。やっぱり先生と奥野さんのあいだの友情はたしかなものだったんだ、と思った。

睡眠を取れるようになった松田は、大切な友人を失った哀しみから少しずつ恢復《かいふく》していった。研究にもますますのめりこみ、一年後の夏には、自身の博士論文も、奥野が草稿を遺した数本の論文も、すべて専門雑誌へ投稿できる目処《めど》が立った。

「研究室のメンバーと一緒に、奥野を偲ぶ冊子も作りました。奥野が生前に発表した論文や、撮った写真などをまとめたものです。奥野の学部生時代の友人たちも協力してくれて、どんな学生生活、院生生活を送ったのかがわかる一冊になりました」

一周忌には少し遅れてしまったが、松田はできあがった冊子の束を持って、奥野の両親を訪ねた。冊子を渡し、奥野の草稿をもとにした論文も、近々雑誌に掲載されることを報告すると、両親はとても喜び、松田を歓待してくれた。松田は仏壇に冊子を供え、線香を上げて手を合わせた。

その冊子には、奥野が最後に撮った写真も載せた。松田は奥野の両親に、そこに写っているのが腐生植物であること、自分がそれを撮ってきてくれるよう奥野に頼んだことを話した。本当はその場に伏して、奥野にも奥野の両親にも謝りたかったが、そんなことをしても両親を苦しめ、死んだ奥野を困惑させるだろうと思ったし、自分が楽になりたいだけだということもわかっていたので、畳につきそうになる手をぐっと握ってこらえた。ただ、「もっと早くにお伝えせず、すみません」と詫びた。

奥野の母親は、松田の話を静かに聞き終えると、

「よかった」

とつぶやいた。「じゃあ、あの子は最後に、松田さんとの約束を守ることができたんですね」

松田は黙って頭を下げた。どうしても震えてしまう松田の肩を、奥野の父親が軽くつかんで揺すった。

「ありがとう、松田さん」

と奥野の父親は言った。松田は、顕微鏡室で自分の肩を叩いた奥野の手を思い起こしていた。やはり親子なんだなあと思った。

花や果物がたくさん捧げられた仏壇で、遺影の奥野は快活に笑っていた。

帰りの新幹線のなかで、うたた寝をした松田は夢を見た。奥野が出てくる夢を見たのは、それが最初で、いまのところ最後だ。眠れなかった一時期を除いて、もともと松田はあまり夢を見るほうではない。

夢のなかで、奥野は松田を責めも許しもしなかった。研究室で二人でしゃべっている、なんということもない日常の夢だった。奥野も松田も笑っていた。

目を覚ますと同時に、なにをしゃべっていたのかは忘れてしまった。うたた寝をしたのは、ほんの短い時間だったようだ。車窓から見える景色で、関ケ原あたりを走っているところだとわかった。夕闇が迫る空を、松田は眺めた。

シャツの胸ポケットに入れて持ってきた写真を取りだす。奥野が撮った、ピンぼけの腐生植物の写真だ。

奥野の死を、その死の原因が自分にあることを、決して忘れることはできないだろう。それでも松田は、生きて、研究をつづける。そうするほかなかったし、そうしたかった。

松田は、写真は奥野の友情の証であると信じることにした。奥野もきっと、「ほかにどんな意味があると思ってたんだよ。バカだなあ」と言うはずだ。そう思うことを、松田は自分に許した。

整理整頓の苦手な松田にしては奇跡的なことに、写真はいまも、研究室の机の引き出しに入っている。たまに、松田は写真を取りだして眺める。研究が行き詰まって打開策を考えたいときや、山積みの書類仕事を片づけて一息入れるときなどに。

何度も眺めるうちに、写真のピントは脳内補正されていき、そこに写っているのがシロシャクジョウという腐生植物であると、松田はほとんど確信している。全長三センチほどの小さな植物で、クリオネをややほっそりさせたような形をしている。色は真っ白で、翼を広げた愛らしい妖精みたいにも見える。妖精の頭に位置する部分は、清らかなレモンイエローだ。

奥野は最後に、うつくしいものをその目に映したのだなと、松田は思う。それを俺に伝えようとしてくれたんだな、と。

栽培室に、しばし沈黙が落ちた。立ったまま、ずいぶん長いあいだ松田の話を聞いていたように思ったが、本村がちらりと腕時計を確認すると、三十分も経っていなかった。

「このようないきさつがあり」

と松田は回想を締めくくった。「川井くんのボルネオ行《こう》について神経質になっていたと思われます」

すみません、と再び松田に謝られ、本村と川井も再び、「いえいえ」とあわてて首を振る。

「心配してくださって、ありがとうございます」

川井は真情のこもった口調で言った。「もちろん、どこでなにをしていたって、『絶対に安全』ということはありませんが、よく気をつけますし、無理はしないと約束します」

「そうしてください」

松田はうなずき、「では」とその場を辞そうとした。そんな松田を、

「先生」

と川井が呼び止める。「先生は以前、『冗談だ』とおっしゃいましたが、そのスーツは本当に喪服なんじゃありませんか」

一瞬立ち止まった松田は、

「いいえ」

と笑いを含んだ声で答え、さっさと栽培室から出ていった。「以前も言ったとおり、服を選ぶのが面倒なだけですよ」

本村と川井は栽培室で立ちつくしていたが、ややあって顔を見合わせた。

「私……」

と本村は言葉を絞りだした。「私、不躾《ぶしつけ》なことをしてしまいました。先生に無理やりしゃべらせるようなこと……」

「大丈夫」

川井は本村を力づけるように言った。「いやだったら、先生は頑として話さなかったはずだ。先生の心は、僕たちが尋ねるよりずっとずっとまえに、奥野さんの死を受け止めていた。だから話してくれたんだよ」

痛みはなくなりはしないけれど、長い時をかけて、奥野と奥野の死は松田と切り離せないものとなり、心の奥深い場所にくるみこまれたのだ。

本村はうなずき、

「それにしても、スーツのことを聞くなんて、川井さん勇気がありますね」

と、あえて明るい調子で言う。

「結局、はぐらかされちゃったけど」

と川井は苦笑した。「幽霊についての見解も、松田さんらしいなと思ったよ」

「ほんとに。科学の鬼って感じでした」

本村と川井は、松田が話してくれたことを大切に胸にしまい、栽培室でそれぞれの作業をしはじめた。

松田が語らなかったので、本村と川井は、鬼の目にも涙があふれた事実があることを知らずにいる。

地下の顕微鏡室で、友の姿を求めて振り返ったとき。松田は自分以外だれもいない空間に向かって、「奥野」と小さく呼びかけた。応えは返らなかった。それでようやく、もう二度と奥野に会えないのだと実感し、松田は声を上げて泣いた。奥野が死んでから、はじめて流した涙だった。以降、あくびをしたとか簞笥《たんす》の角に足の小指をぶつけたとかいった反射的な涙はあれど、泣いたことはいまのところない。
押し殺そうとしても漏れる泣き声を、理学部B号館の建物だけが静かに聞いていた。

四章

二月に入ったある日の昼まえ、本村《もとむら》はいつものように、T大理学部B号館二階にある栽培室へ向かった。

午前中はメールのやりとりと、気になっていた論文にざっと目を通すこととで、あっというまに過ぎていった。夏の合同セミナーについて、各大学院の研究室と調整しなければならない案件がいろいろあるし、雑誌に発表される最新の研究成果に常にアンテナを張りめぐらせていなければならないしで、本村はなかなか忙しい。

本当は、シロイヌナズナが日々成長するさまを愛《め》で、葉っぱを透明にして顕微鏡で細胞を眺めたり、「どんな変異株《へんいかぶ》ができるかな」と交配したりといった、手を動かす作業だけをしていたいのだが、もちろんそうはいかないのが世の常だ。ただ、研究漬けだと目と頭が疲れてくるのも事実なので、メールで連絡を取りあったり、論文を読んだりするのは、外の世界と触れあう楽しさがあって、いい息抜きにもなっていた。

そんなこんなで、午前中に予定していた仕事をすべてこなし、本村はある種の充足感とともに、満を持して栽培室へ足を運んだのだった。本日の昼食は、円服亭《えんぷくてい》のデリバリーを頼むことになっている。研究室にいた加藤《かとう》に、本村のぶんとしてオムライスを注文しておいてくれるよう託してきた。あと一時間もすれば、おいしい昼ご飯にありつける。それまでのあいだにシロイヌナズナを観察しておこうと、足取りだけでなく気分も軽やかに、本村は栽培室のドアを開けた。直後、

「なんと……」

と思わず声が出た。栽培室の床が水びたしだったからだ。水の出どころはむろん、教授である松田賢三郎《まつだけんざぶろう》のチャンバーだ。また排水ホースをバケツに入れ忘れたらしい。

本村は出鼻をくじかれた思いがしたが、すぐに気を取り直し、栽培室にあった雑巾《ぞうきん》で床を拭いた。雑巾だけでは吸収しきれないほど、漏れた水が広がっていたので、長机に無造作に放られていた古びたタオルも活用した。加藤が温室で作業する際、よく首に巻いているタオルのような気がするが、まあいいだろう。松田は現在、人体に有害な薬品などを使った栽培は行っていないはずだ。チャンバーからあふれているのは、栄養分たっぷりの水ということになる。

松田が語った過去の出来事は、哀しいとかつらいとかいった言葉では言い表しきれないものだと、本村には感じられた。だれかがどんなに、「あなたのせいではない」と言ったとしても、松田が一生抱えていく痛みなのだろうと。

松田が研究一辺倒な生活を送るのは、もちろん植物が好きだからという理由が一番に来るはずだが、志半ばで世を去った友だちへの思いも、なんらかの形で影響しているのではないかと推測された。とはいえ、実際のところどうなのか、松田に尋ねることはできない。軽々しく聞くべきではないし、松田と本村はあくまでも先生と院生という立場である。松田の熱心な指導に感謝しつつ、これまでどおりの距離感で研究室での日々を過ごしている。

川井《かわい》も同じ気持ちらしく、松田の過去についてはもう触れず、いままでの態度と変わったところはない。当の松田も、自らの経験のことなどおくびにも出さず、本村をはじめとする研究室の面々と接している。

まえの週、本村は研究室で行われる週一のセミナーで、研究発表をする番だった。順次種播《たねま》きをし、四重変異体《よんじゅうへんいたい》の株を突き止めようとしている段階だ、と本村が正直に報告したところ、松田は「どういう方法で突き止めるつもりなのか」を詳しく問いた

だし、

「少しスピードアップしたほうがいいですね。むろん、正確性がなにより大事ですが」

と冷静に見解を述べた。すべてのやりとりは英語で行われるので、本村は脳内の英単語帳を必死に繰《く》りつつ、大量の汗をかいたことだ。

当然だけど、研究において松田先生に「手加減」はないみたい。本村は拍子抜けと頼もしさがごったになった気持ちを抱いた。踏みこみすぎて、話しにくいことを松田に話させてしまった、とうしろめたさがあったが、そこはさすが松田。「必要があるから話す」という合理的判断を下したままでだったようで、なんのわだかまりもなく、つまりは手加減もなく、あいかわらずの「静かなる熱血指導」を行ってくる。心強いけれど、自分の研究にたりない部分も容赦なく突きつけられて、本村としては胃が痛くもあるのだった。

松田が指摘したとおり、スピードアップは不可欠だ。四月に本村は博士課程二年となる。博士の学位を三年間で得るためには、そろそろ研究に動きがないとまにあわない。遅くとも博士課程三年の七月には、論文雑誌に投稿できる目処《めど》が立っていないとならないからだ。

論文の草稿ができても、英文のチェックを受けて、推敲する必要がある。それでようやく雑誌に投稿しても、今度は、専門の研究者が論文の内容を審査する「査読《さどく》」がある。査読にまわったとしても、まだまだ安心はできない。「この点が曖昧だ」などと、必ずどこかしら指摘されるものだからだ。そこを直し、雑誌掲載の許可が下りるまでに、四、五カ月かかることはざらである。

T大大学院では、国際的に通用する雑誌に論文が掲載されることが、博士論文を審査してもらうための条件だ。雑誌の許可が出そうだとなったら、同時並行で博士論文の執筆にも取りかかることになる。

博士論文の分量は、雑誌に掲載される論文二本ぶんぐらいは要求されるので、雑誌用の論文には盛りこみきれなかった実験のデータも取って、より内容を充実発展させなければならない。

博士論文の審査は二段階あり、博士課程三年の十一月には、口頭で研究発表する「予備審査」が、明けて二月半ばには、実際の論文をもとに「本審査」が行われる。審査に通れば、三月末にめでたく博士号が授与される運びとなる。

つまり、博士課程三年の七月以降は、雑誌論文と博士論文の執筆でてんてこ舞いの状態に陥《おちい》るだろうと、容易に予想がつく。それまでに実験をし、「研究の結果、いまの時点で新たにわかったことは、これです。そして、それを踏まえて今後、こういうふうに研究を展開していきたいと思っています」と言えるよう、備えておくことが不可欠だ。

来年の七月まで、残された時間は一年五カ月ほどしかない。本村としてもあせっているのだが、「もっと速く成長して」とシロイヌナズナをせっつくわけにはいかないし、四重変異体を作るには、「一に根気、二に根気、三、四がなくて五に根気」だ。シロイヌナズナが日々育つのをじりじりと待ち、まちがいがないよう注意深く観察と実験を重ねるほかない。

やっと栽培室の床を拭き終えた本村は、胸をときめかせながら自分のチャンバーを覗いた。

毎日、「超特大の葉が出てないかな」と目を凝《こ》らしてはがっかりする、という繰り返しなので、「今日こそは期待しないぞ」と自身に言い聞かせてはいるのだが、それでもやはり、この瞬間はうきうきしてしまう。たとえ四重変異体ができていなくても、シロイヌナズナ好きの本村としては、けなげに葉っぱを出すかわいい姿を眺められると思うと、それだけで心が弾むのである。愛猫家が、どんなに疲れて帰宅しても、飼い猫の姿を見るととたんに元気回復、ついつい「猫じゃらし」を手に取り、猫以上に張り切って遊んでしまうようなものだ。

さて、本日のシロイヌナズナはどんな様子だろう。本村はチャンバーのまえで中腰になり、ロックウールが並んだトレイをガラスのドア越しに眺めた。現在、トレイはチャンバーに三枚入っている。種播きの時期が少しずつ異なるので、成長具合もトレイごとにちがう。

スペースを節約するため、本村は一個のロックウールに四粒の種を播くようにしていた。トレイ一枚にロックウールは四十個ならんでいるので、現在のところ四百八十粒の種を播き終えたところだ。四重変異体は、確率からして千二百粒のうち四粒か五粒はあるはずだ。この三枚のトレイのなかに、一株ぐらいは四重変異体があってもおかしくない計算になる。

チャンバーのなかで、シロイヌナズナは順調に育っていた。本葉《ほんば》の数を増やしつつあるものもいる。「ひしめきあってきたら、のびのびできるように、ロックウールの間隔を少しあけないと」と本村は算段する。

トレイのうちの一枚は、五日まえに種播きをしたばかりなので、小さな小さな子葉《しよう》をようやく広げたところだ。小指のさきほどの葉を眺め、「かわいいなあ」と本村は目を細めた。そして次の瞬間、「ん?」と思った。

トレイの真ん中あたりにあるロックウール。そのうちの一株が、これまで見てきた子葉とはなんだか雰囲気がちがう気がしたのだ。もっとよく見ようと本村は顔を近づけ、勢い余ってチャンバーのドアに額をぶつけた。

「いたい……」

衝撃でずれた眼鏡を直し、鼻よりさきに額がぶつかったことを嘆きながら、急いでチャンバーを開ける。そっとトレイを取りだし、長机に置いた。かがんで間近から、問題の子葉をまじまじと眺める。

やっぱり。やっぱり、この子はほかの株と様子がちがう。まだ子葉が出はじめたばかりの段階だけど、ほかの株と比べて葉っぱのサイズが大きい。それに胚軸《はいじく》(子葉の下にある茎《くき》)に、なんだか密度の濃い毛が生えているみたいだ。

大きくて、胚軸が毛深い。もしかしてこれが、私が求めてきた四重変異体じゃないか。交配は成功していて、とうとう四重変異体を得ることができたんじゃないか。

本村は全力疾走《しっそう》したときのように心臓が高鳴り、呼吸が速くなったのを自覚した。いいえ、待って。見まちがいかもしれないし、願望が見せた幻かもしれない。とにかく冷静にならなければ。「落ち着け、落ち着け」と念仏のように脳内で唱える。

とりあえず、残りの二枚のトレイもチャンバーから出し、日課をこなすことにした。水やりをし、成長記録としてデジカメで写真を撮る。だが、その合間にもつい、大きくて胚軸が毛深い子葉を凝視してしまった。写真も、同じ距離から同じ倍率で毎日撮るようにしているのに、気づいたら大きくて胚軸が毛深い子葉ばかりを写していた。しかも、いろんな角度から高倍率で。いけないいけないと必死に自身をなだめて、通常の距離と倍率で撮り直す。

ふらりと入ったカフェでアイドルと遭遇し、思わずじっと眺めてしまったり、トイレに行くふりをして横顔やうしろ姿も確認してしまったりするファンみたいだ。いや、アイドルのファンのほうが、本村よりも礼儀正しく慎み深いだろう。相手が人間ではなくシロイヌナズナなのをいいことに、本村は鼻息も荒く、まさに舐めるような勢いで問題の子葉を観察した。視線の圧に耐えかねて、子葉が枯れてしまったらどうしようと、本村自身も心配になったぐらいに。

しかし、いかんせん子葉は出そめたばかりだ。肉眼で確認するには限界がある。本村は大きく深呼吸してから、デジカメを操作した。撮った子葉の画像をデジカメの画面に表示し、拡大していく。

子葉を支える細い茎に、びっしりと毛が生えている。それに、同じ倍率で表示したほかの子葉と比べて、やはり明らかに葉のサイズが大きい。いままでお目にかかったことのない子葉だ。

やった、やった、やったー！

本村はデジカメを手にしたまま、両腕を高く上げた。

四重変異体っぽい株ができた！　もちろん、詳しく調べないとたしかなことは言えないけれど、私の勘が、そして毎日シロイヌナズナを眺めつづけてきた経験が、これは四重変異体だと告げている！

腕を下ろした本村は三枚のトレイをチャンバーに戻し、デジカメを持って栽培室から飛びだした。本当は該当のトレイを抱えてT大じゅうを走りまわりたい気持ちだったが、なにしろ「箱入り娘」状態で育てねばならないシロイヌナズナだ。栽培室から持ちだすことはできない。かわりに、デジカメの画像を研究室の面々に見せようと思ったのである。

理学部B号館の階段を駆けのぼり、三階にある松田研究室を目指す。気が逸《はや》っていたため、建て付けが悪いことを忘れて額をドアに強打した。「いたい……」とまたつぶやきながら、ドアをちょっと持ちあげるようにして開ける。

その直前の研究室内では、加藤と藤丸《ふじまる》が円服亭の料理を大机に配膳していた。本村が研究室めがけてひた走っていることなど知るはずもなく、二人は手を動かしながら、

「サボテンのトゲの根もとには、必ず芽《め》があるんだ」

「まじすか。サボテンすげえ」

と、のんびりしゃべっているところだった。

「サボテンだけじゃないよ。イチョウの太い幹にだって、埋もれた芽が本当はたくさんある。植物の単位は『葉、芽、茎』で、それを繰り返して大きくなるものだからね。どんな植物にも、これまで出した葉っぱの数だけ芽があるってわけ」

「へええ。そう思うと、植物ってなんかちょっと気色悪くもあるっすねえ。全身目だらけの妖怪みたいだ」

「いや、うん……。眼球の『目』じゃなくて、くさかんむりの『芽』だから」

加藤と藤丸の会話がそこまで達したとき、突如として研究室のドアが衝撃音とともに外側からたわみ、ついで勢いよく開いたので、二人はたいそうびっくりして振り返った。眼鏡がずれた状態の本村が、息を切らして戸口に立っていた。

加藤と藤丸から注視され、本村はややひるみ、赤くなっているであろう額を恥ずかしくも思ったが、そのまま二人のまえに突進してデジカメを差しだした。

「見てください！」

加藤と藤丸は素直にデジカメの画面を覗きこみ、

「シロイヌナズナの子葉ですね」

「わー、かわいいす」

と、口々に見たままの感想を述べた。

そうじゃなくて、と本村はもどかしく、

「ついに四重変異体ができたと思う！」

と力説したのだが、加藤は専門がサボテン、藤丸は植物に関してまったくの門外漢なので、子葉の細かい差違などわからない。

と、にこにこしている。本村が興奮し、喜んでいるのを見て取って、「よかったよかった」とつられて笑顔になっただけらしい。はなはだ歯応えのない反応で、本村は「んもう」と言いたくなった。

そこへ岩間《いわま》がやってきた。間髪をいれず本村はデジカメを示し、

「四重変異体！」

と叫んだ。料理のにおいに鼻をひくつかせようとしていた岩間は、びっくりしたのか、むせながら画面を見る。

「うーん？」

と岩間はうなった。「出たばっかりの子葉だし、はっきりとは……」

「よく見てください。胚軸に毛がいっぱい生えてるし、サイズもほかの子葉と比べて大きいんです。絶対、四重変異体ですよ」

「まあまあ、ちょっと落ち着いて」

岩間は改めて、画像をしげしげと眺めた。「そうねえ。言われてみれば、なんとなく様子がちがう気もするかなあ」

「へえ」

「俺には葉っぱだってことしかわかんないけど、やったっすね、本村さん」

と藤丸が無責任に言祝《ことほ》ぎ、

「サボテンだったら、いくらでも見分けられるんですが」

と加藤は面目なさそうだ。

一同がデジカメを囲んでわいわい言っていると、松田と川井も研究室に戻ってきた。松田はデジカメの画像を見て、

「なるほど」

とうなずいた。「たしかに変異株のように見えますが、予断は禁物です。狙った四重変異体ではなく、関係のない変異がたまたま入ってしまったのかもしれません。また、偶然の一致で、四重変異体のうちの一株が、たまたま葉を大きくしただけ、ということも考えられます」

本村は喜びに水を差された気持ちがしたが、松田の言うことはもっともだ。前者なら、四重変異体ではない株を四重変異体だと誤認してしまうことになるし、後者なら、ほかの四重変異体の株を見逃してしまうことになる。いずれにせよ、見た目のみでは四重変異体だと判断できないということだ。

本村は少し冷静になって、

「はい」

と答える。ずれた眼鏡にようやく気づき、指で押しあげた。

「交配がうまくいったのか、これが本当に四重変異体なのか、ちゃんと段取りを踏んでPCR《ピーシーアール》（ポリメラーゼ連鎖反応《れんさはんのう》）にかけるようにします」

「そうですね。過去の論文も調べ、実験方針にまちがいや漏れがないか、現時点で再確認しておくといいでしょう」

本村は松田のアドバイスを真剣に聞き、ジーンズのポケットに入れていたメモ帳に、「論文確認」と記した。そんな本村と松田を、川井は微笑んで見ていたが、

「さあ、昼にしよう」

と言った。「藤丸くん、スープは僕がつぐよ」

研究室の面々から、「四重変異体だ」というお墨付きは得られなかった。いまの段階では、子葉の見た目と本村の勘しか根拠がないのだから、それもしかたがない。ちなみに藤丸からの言祝ぎは、それこそ根拠のないものなので、本村のなかで「お墨付

き」にはカウントされなかった。

藤丸はまた、「葉っぱがデカくて、ハイジクが毛深い……。おお、『デカパイ』ですね！」とも言ったのだが、むろん本村は、子葉につけられそうになったあだ名を黙殺した。

そんな状況ではあるが、本村の直感は微塵《みじん》も揺らいでいない。もちろん、思いこみを排除し、交配が成功した結果できた四重変異体だということを、これから実験を通して証明せねばならない。けれど、手応えは充分だ。ちまちまと交配し、種を採り、種を播いたのは、無駄ではなかった。シロイヌナズナを観察しつづけた日々は、無駄ではなかったのだ。

本村はうれしく、顔全体がゆるんでしょうがなかった。実験の方針を確認しようと論文雑誌を開いても、目がすべってしまって内容が頭に入ってこない。その日の午後は結局、ほとんどなにも手につかない状態で終わった。

帰宅途中も、アパートで一人になってからも、気づくと本村はにまにましていた。帰るまえにもう一度、栽培室のチャンバーを覗いてみたのだが、やっぱり例の子葉は四重変異体のようだとしか思えなかった。

どうしよう、こわいぐらい順調だ。ずっと自信がなかったけど、もしや私、正確に交配を行える器用な手さきを持っているのでは？　そしてもしや、もしや、研究者としての才能にあふれているのでは？　きゃー！

そんなことを考えては、にやつきを抑えるために頬の内側の粘膜を嚙む。しかし当人は抑えているつもりなのだが、努力はほとんど実っておらず、アパートの部屋で眠りに落ちたあとも、本村はまだにまにましていた。そのかたわらで、すべての葉を失って「ただの棒」と化したポインセチアが、わびしく畳に影を落としていた。

本村は翌朝、さすがに顔面の筋肉を引き締め、ついでに気も引き締め直して、いつもより早くT大へ向かった。理学部B号館に着いたその足で二階の栽培室へ行き、チャンバーのシロイヌナズナを観察する。

夢ではなかった。並んだトレイのなかで一株だけ、胚軸が毛深く、サイズの大きな子葉がある。もちろん、前日と比べて目に見えるほど成長しているわけではなかったが、それでも本村はご満悦だった。記録のための写真はなるべく同じ時間に撮ったほうがいいので、昼ごろにまた栽培室に来ることにする。

三階の研究室にはだれもいなかった。本村はお湯を沸かしてコーヒーをいれ、今後の実験方法を確認するべく、過去の論文を読み返しはじめた。

本村は現在、「葉っぱの制御システム」について調べようとしている。シロイヌナズナの葉は、サイズも一枚あたりの細胞数も、一定の値に収まるものしかできない。いろんな遺伝子が精妙に働いて、葉っぱのサイズや細胞数を調《ととの》えているからだ。ところが植物のなかには、特大の葉っぱができるものや、葉っぱの細胞を上限なく増やしていけるものが存在する。これらの植物は、「葉っぱの制御システム」が大きく変更されているのではないか。そう推理した本村は、シロイヌナズナで実験してみることにした。すなわち、「葉っぱの制御システム」に関係する遺伝子「Ａ」「Ｂ」「Ｃ」「Ｄ」を選び、それぞれの変異株「ａ」「ｂ」「ｃ」「ｄ」を交配して、四重変異体「ａｂｃｄ」を作ることにしたのだ。

この四重変異体を持つシロイヌナズナが、通常よりもすごく大きな葉を出したり、葉っぱの細胞数が多かったりすれば、どの遺伝子が壊れると「葉っぱの制御システム」にどんな影響が出るのか、その結果、どういう葉っぱができるのか、解明する手がかりになる。

いま、四重変異体らしきシロイヌナズナの子葉がチャンバーで育ちつつある。だがあくまでも、「ほかのシロイヌナズナと見た目がちがう」というだけであって、本当に四重変異体なのかどうかは、実験を重ねないと確証を得られない。

ではどうやって、変異株同士を交配してできた千二百株ものシロイヌナズナのなかから、正確に四重変異体の株を絞りこんでいけばいいのか。本村は過去の論文を読み返しつつ、頭のなかを整理した。そのあいだに、研究室の面々が続々と部屋に入ってきたのだが、本村は論文に没頭するあまり、「おはよう」と声をかけられても、「おはようもにゃいます」と上の空で返事する始末だった。

四重変異体「ａｂｃｄ」は、遺伝型を正確に記すと「ａａｂｂｃｃｄｄ」となる。本村が欲しいのは、遺伝子「Ａ」「Ｂ」「Ｃ」「Ｄ」それぞれが、「ａａ」「ｂｂ」「ｃｃ」「ｄｄ」と、すべてホモになっている四重変異体「ａｂｃｄ」なのである。たとえば遺伝子「Ａ」が、「Ａａ」とヘテロになっていたり、ホモはホモでも「ＡＡ」で変異が起きていない株は、除外していかなければならない。

本村が交配した変異株「ａ」「ｂ」「ｃ」には、それぞれ特徴がある。あえてそういう株を選んだ。四重変異体の株を絞りこむときに、これらの特徴は便利な目印となるだろう。

まず変異株「a」は、「stop／go形態《ストップアンドゴー》」といって、本葉が出るまでに時間がかかるという特徴を持つ。子葉が出たあと、本葉がなかなか出てこないなあと思う株があったら、その株は「aa」という遺伝型を持っていると判断していい。間があくぶんエネルギーを貯めこむからか、やや大きな本葉になるが、子葉のサイズは通常と変わらない。

メンデルの「分離の法則」により、遺伝型「AA」「Aa」「aa」は、「1：2：1」の割合で出現する。つまり、千二百株の四重変異体候補のうち、四分の一は、遺伝型「aa」を持っているというわけだ。

本村はぬかりなく、本葉が出るのが遅い株のそばに爪楊枝《つまようじ》を刺し、「要チェックの株」と一目でわかるようにしている。

変異株「b」、つまり遺伝型が「bb」の株を絞りこむには、ちょっと段階を経《へ》なければならない。

バスタという除草剤がある。この除草剤に耐えられるようにする遺伝子を、シロイヌナズナのDNAのあちこちに、手当たり次第に人工的に差しこむと、バスタを撒《ま》かれても枯れないシロイヌナズナができる。

変異体「b」は、よりにもよって遺伝子「B」に「バスタ耐性《たいせい》」の遺伝子が割りこみ、遺伝子「B」が壊れてしまったものだ。この変異体「b」を持つ株は、遺伝型が「Bb」であろうと「bb」であろうと、除草剤バスタに強い、という特徴を持っている。

本村は交配した千二百粒の種を順次ロックウールに播いているが、このとき、トレイの水に除草剤バスタを溶かしこむのを忘れなかった。

すると、どうなるか。遺伝型が「Bb」の株と「bb」の株は、バスタ耐性を備えているので、バスタ混じりの水を吸いあげても枯れない。だが、遺伝型が「BB」の株は、除草剤に対抗する術《すべ》を持たず、枯れてしまうのである。

これまたメンデルの「分離の法則」により、遺伝型「BB」は四分の一の確率で表れる。つまり、バスタによって、千二百株のうち四分の一は枯れてしまう。残された四分の三が、四重変異体候補ということになる。

現に、チャンバー内で育ちつつあるシロイヌナズナを観察したところ、四分の一ぐらいは、子葉が出はじめた段階で白く枯れてしまっている。ただし、枯れずに残った四分の三のなかには、遺伝型「Bb」の株も「bb」の株もあるので、どれが「b 「b」なのかを見分けるためには、最終的にはPCRにか

けて判定する必要がある。

ここまでの段取りを頭のなかで整理したところで、本村は一息ついてコーヒーを飲んだ。ふーふーと息を吹きかけてからマグカップを傾けたのだが、コーヒーはとっくに冷めきっていた。自身のまぬけな行動をだれかに見られていたのではと、そっとあたりをうかがう。

研究室の面々は、真剣な面持ちでそれぞれパソコンに向かっていた。本村は咳払《せきばら》いして気を取り直し、また論文雑誌に視線を落とす。

変異株「c」、つまり遺伝型が「cc」の株は、葉もとがうっすら赤い。メンデルの「分離の法則」によって、全体の四分の一にこの特徴が表れる。本村はむろん、葉もとが赤い株のそばにも、「要チェック」の爪楊枝を刺している。

さて、これでかなり絞りこめた。

どの株が遺伝型「dd」を持つのかだけは、バスタ耐性や見た目では判断できないが、そこはもはや問題にはならない。

バスタ耐性によって、千二百株のうち四分の三、九百株が生き残る計算になる。そ

の九百株のうち、「本葉が出るのが遅い」という特徴と、「葉もとがうっすら赤い」という特徴とを兼ね備えた株を、見た目から選ぶ。それらの遺伝型は、「ａａｃｃ」ということになる。

「ａａｃｃ」は確定として、「Ｂ」の遺伝型は「Ｂｂ」「ｂＢ」「ｂｂ」の三通り、「Ｄ」の遺伝型は「ＤＤ」「Ｄｄ」「ｄＤ」「ｄｄ」の四通りが考えられる。「分離の法則」から、「ｂｂ」は三分の一、「ｄｄ」は四分の一の割合で存在するということだ。

とすると……。本村は興奮した。遺伝型「ａａ」と遺伝型「ｃｃ」の特徴を兼ね備えた株のうち、十二分の一は、「ａａｂｂｃｃｄｄ」の四重変異体だということになる！

つまり、「除草剤バスタを吸収しても生き残った」株のなかから、「本葉が出るのが遅く、なおかつ葉もとがうっすら赤い」株を四十八株選べば、確率からしてそのうちの十二分の一、すなわち四株は、四重変異体という計算だ。四十八株をＰＣＲにかけるだけで、どの株が四重変異体なのか、正確に判定できるのだ。

本村は蒸《ふ》かしたてのイモのようにほくほくした表情で、読んでいた論文雑誌から顔を上げた。ふっふっふっ、私が想定していた実験方法と手順に、誤りはなかった。

バスタ耐性を備えた変異株「b」を、私は交配に使った。その深謀遠慮が実り、ロックウール上の子葉の四分の一は枯れている。本葉が出るのが遅い株も、なおかつ葉もとがうっすら赤い株も、存在を確認ずみだ。いずれも、交配がうまくいった証拠だし、除草剤への耐性や見た目から、四重変異体の候補をある程度まで絞ることに成功した、と言えよう。

さらにさらに、子葉が大きく胚軸が毛深い株まで出現した。葉もとは赤くないし、胚軸が毛深いという出所不明の特徴を持っているが、変異を重ねることによって従来の特徴が目立たなくなったり、逆に未知の特徴が表れてきたりするのは、ままあることだ。予想外の見た目を持つ「子葉のサイズが大きく、胚軸が毛深い」株は、むしろ「本葉が出るのが遅く、なおかつ葉もとがうっすら赤い」株をもしのぐ、四重変異体の最有力候補だ。

天は我に味方せり……!

本村は辛抱しきれず、またもにまにました。幸いにも、そのとき研究室のメンバーは、それぞれの作業をするべく出払っていたので、本村のゆるみきった顔はだれにも目撃されずに済んだ。

あとは、とにかく残りの種播きを続行してシロイヌナズナを育てまくり、四十八に絞った候補の株から葉っぱを採ればいい。その葉っぱをPCRにかければ、いよいよ四重変異体かどうかが確定する。

PCRを行う機械は、十二連の小型チューブを使う仕様だ。PCRチューブは、エッペンチューブを小さくしたようなものが、十二個ずらりと並んだ形状をしている。そのチューブひとつひとつに、葉っぱの欠片《かけら》を煮た上澄みやらなんやらを入れるのである。

調べるのはもちろん、「本葉が出るのが遅く、なおかつ葉もとがうっすら赤い」株と「子葉のサイズが大きく、胚軸が毛深い」株だ。本村の心情としては後者に軍配が傾きかけているが、先入観は禁物。期待に目を曇らせることなく、実験の公正性と正確性をなによりも大事にしなければならない。

「子葉のサイズが大きく、胚軸が毛深い」株が、千二百株のうち何株出現するかは、まだわからない。現段階で一株しか見つかっていないことからして、最終的によくて数株といったところだろう。決め打ちするには心もとない数なので、やはり、同じく四重変異体候補である「本葉が出るのが遅く、なおかつ葉もとがうっすら赤い」株も合わせて、四十八株ぶんを選ぼう。確率的に、そのなかに四株ほどは四重変異体があるはずだ。

論理と思考の筋道は、あくまでも以下のとおりなのだと、本村は内心で自分に言い聞かせる。「『本葉が出るのが遅く、なおかつ葉もとがうっすら赤い』株と『子葉のサイズが大きく、胚軸が毛深い』株を合計四十八株調べ、PCRで四重変異体だと判定できた株がすべて、『子葉のサイズが大きく、胚軸が毛深い』株だったら、実験は成功だし、『葉っぱの制御システム』に関する私の仮説は正しかったことになる」。

この実験手順を踏めば、子葉の段階から明らかに葉っぱのサイズが大きい株が、まぐれで出現したのではなく、交配の結果得られた四重変異体なのだと、きちんと証明することができる。

おさらいを終え、進捗《しんちょく》は順調だと確信した本村は、

「よし！」

と一人つぶやいた。今後、どういう段取りで、どんな実験を重ねていけばいいのか、自分のなかでいよいよはっきりした。視野がものすごく拓《ひら》けたような気分だ。清涼な空気のなか、山頂の展望台に立ち、うつくしい風景を見晴るかすような気分。遠く、

海が金色にきらめくさますら見えるみたい。

本村はうきうきと席を立って、コーヒーが入っていたマグカップを洗い、研究室を出た。ふんふんと鼻歌を歌いながら栽培室に向かい、日課となっているシロイヌナズナの写真撮影を行う。

トレイに並んだロックウールのそこここに、目印がわりの爪楊枝が刺さっている。葉もとが赤かったり、本葉が出るのが遅かったりした株だ。そしてもちろん、四重変異体の最有力候補、子葉が大きく胚軸が毛深い株も、朝に見たときと変わらず元気に成長中だった。

撮影の合間に肉眼でも、子葉が大きく胚軸が毛深い株の形状と毛の生えかたを仔細に観察する。そうして改めて、長机に置いたトレイ上の各株を眺めた本村は、「おや？」と隅のほうのロックウールに目をとめた。顔を出したばかりの子葉を、そっと指さきで持ちあげてみる。胚軸は毛むくじゃらだった。

おおお！　二株目、発見！

最初の一株を見つけたことで、目が慣れたというか、どんな特徴を持つ株を探せばいいかコツをつかめたのだろう。四重変異体らしき株が順調に発現していることに興奮した本村は、震える手でロックウールに爪楊枝を刺し、新たに見つかった株を写真に収めた。

これはもう、博士論文は書けたも同然じゃないかしら？ それどころか、この成果を学会で発表したら、けっこう「おおー」と言われちゃったりするんじゃないかしら？

ぐっふっふっ。よく言えば謙虚、悪く言えば常に自信がない本村にしてはめずらしく、悪代官みたいな笑いがこぼれた。「大きくなあれ」と念じながら水やりをし、トレイをチャンバーにしまって、再びふんふんと鼻歌を歌いつつ研究室に戻る。

我が世の春とはこのことだ。身も心も晴れやかで、いつもより多く酸素が肺に入ってくる感じがする。頭が冴《さ》え冴《ざ》えとして、天井の隅に張ったクモの巣が光を受けて輝いているのを目にするだけで、なんだか感激してしまう。おそれることなどなにもなく、なんでもできそうな気がしてくる。

研究室でメールのチェックをしながら、本村は大きく深呼吸した。そうでもしなければ、鼻歌の「ふんふん」と表情の「にまにま」を抑えきれそうになかったからだ。

こういう状態を、昔の権力者も味わっていたんだろうなあと、とりとめもなく考える。
本村は理数系の科目のほうが得意なので、高校時代に日本史を選択したものの、授業中は睡魔との戦いだった。だがいま、日本史で習った朧気《おぼろげ》な知識を無理やり引っぱりだしてみるに、京都のお寺かどこかで花見を催したときの豊臣秀吉とか、「俺は満月」的な和歌を詠んだときの藤原道長とかも、きっとふんふんにまにまを抑えられなかったはずだ。彼らにとっての「権力の絶頂」が、本村にとっては「実験の成功」であるだけで、喜び浮かれているという点ではなんら変わりはない。

手早くメールを返信し終えた本村は、次なる実験に向けて準備をはじめることにした。タイミングを見計らって、残りの種播きを順次していくのは当然だが、そのあとの段階として、ＰＣＲにかけるという手順を踏まねばならない。

シロイヌナズナがある程度育ったら、目星をつけた株から葉っぱを採り、ＰＣＲにかける。機械を使って、特定のＤＮＡ断片だけを増殖させるのである。これによって、その葉っぱの遺伝子が、本村が求める四重変異体「ａｂｃｄ」なのか否かを判定できる。

ＰＣＲにかけるためには、葉っぱを煮たりつぶしたりといった下ごしらえとともに、なによりもまず、「プライマー」が必要になってくる。プライマーとは、「DNAのうち、ここからここまでの範囲を増殖すべし」と指示する目印のようなものだ。どんなプライマーを準備すればいいか、ちゃんと確認しておかなければならない。そのためには、実験に選んだ遺伝子について、もう一度よく調べないと。本村は、自分の机に積みっぱなしだった論文雑誌の山のほうへ手をのばしかけた。

そのとき、脳天から足の裏まで電撃が走った。

待って。遺伝子。私、どういう名前の遺伝子を選んだんだっけ？

視界がぶれ、額に冷や汗がにじみだす。

大変なことに気づいてしまった。もしかしたら私、実験に選ぶ遺伝子を取りちがえたかも……！

いままで、「取りちがえたかも」などと露ほども発想することはなかった。頭が冴え冴えとしていたからこそ生じた、おそろしい疑念であり予感だった。

もし、遺伝子を取りちがえていたとしたら、交配を重ねたことも、千二百粒の種採《たねと》りも、その種を播きシロイヌナズナを育てつつあることも、つまりいま行っている実験のすべてが、おじゃんだ。そもそもの前提にまちがいがあったということなのだから。

いや、まさか。本村は急いで疑念と予感を振り払った。どの遺伝子を選ぶかは、実験の根幹をなす部分だ。慎重に検討を重ねたすえ、「A」「B」「C」「D」という四つの遺伝子に狙いを定め、変異株を交配したのだ。よもや、その遺伝子自体を取りちがえていたなどという、初歩的なまちがいを犯すわけがない。

しかし実は、「A」「B」「C」「D」とは、本村がそう呼び慣《な》らわしているだけなのだ。たくさん存在する遺伝子には、「UBA1《ユービーエーワン》」「STH3《エスティーエイチスリー》」といったように、それぞれ略号がついている。アメリカのCIA（中央情報局）が「Central Intelligence Agency」の略なのと同じで、遺伝子の略号も、ずらずらと長い正式名称の頭文字を採ったものだ。だが、略しても非常に覚えにくいし、いちいち発音するのも面倒くさい。

そこで本村は、「これが葉っぱの制御システムに影響を及ぼしているんじゃないかな」と狙い定めた四つの遺伝子を、便宜的に「A」「B」「C」「D」と呼ぶことにした。たとえば、本村がふだん「D」と呼んでいる遺伝子は、本当は「AHO《エーエイチオー》」という略号なのである。

そして、この遺伝子「D」、すなわち「AHO」が問題だ。

本村がいま襲われている「おそろしい疑念と予感」とは、「実験をはじめる際、私は検討を重ねた結果、『AHO』を調べようと決めた。けれど実は、葉っぱの制御システムに関係する遺伝子は、『AHO』とはまったくべつの、『AHHO《エーエイチエイチオー》』という略号の遺伝子だったのでは？」ということだった。

いやいや、いくら私が、どちらかといえばボーッとしてるほうだとはいえ、さすがに遺伝子は取りちがえないはずだ。

本村は震える手で実験ノートを開いた。この実験のために選んだ四つの遺伝子について、記載されたページを探す。過去の日付をたどっていくと、やはり本村は当初から一貫して、遺伝子「AHO」を実験対象のひとつに選び、便宜的にそれを「D」と呼んで、変異株同士を交配させたり種を採ったりしていた。

ついで、かたわらの論文雑誌の山から、目当ての一冊を引っぱりだす。手の震えはますますひどくなっていて、なかなかページをめくれなかった。やっと開くことができた論文に目を通し、本村は天を仰いだ。

その論文には、「葉っぱのサイズ規定に影響している可能性が疑われるものに、『A

HHO』遺伝子がある」という旨が記されていた。

なんてこと……！　やっぱり、調べるべきは「AHO」じゃなく、「AHHO」だったんだ……！

なぜこんな肝心な、でも単純なことを、まちがえてしまったのだろう。遺伝子の略号が似ているから、いつのまにか自分のなかでごっちゃになって、勘違いしてしまったにちがいない。

だが、「AHO」と「AHHO」は、まったく異なる遺伝子なのだ。本村がこの二つを取りちがえたのは、俗に言う「ミソもクソも一緒」にするような、愚かかつ決定的な誤りだ。

私は何カ月もかけて、ミソ汁ではなくクソ汁を作っていたのか……。

本村は力なく両腕を体側《たいそく》に下ろし、机に突っ伏した。体を支える気力が消え失せていた。「祇園精舎の鐘の声、諸行無常の響きあり」という言葉が、頭のなかでリフレインした。平清盛も、熱病にかかって死ぬときはこんな気持ちだったのだろうか。短い栄華だった。栄華を味わったからこそ、それががらがらと崩れていくさまを見るのがつらい。もうなにも考えられない。真っ白だ。

終わった。私の実験は失敗に終わった。とんでもなく馬鹿なまちがいをしてしまったせいで。

本村は実験ノートに顔面を伏せたままでいた。激しすぎる落胆と自分に対する腹立たしさで、涙も出なかった。

いい気になって「ふんふんにまにま」していた、十五分まえまでの自分が恥ずかしく忌々《いまいま》しい。なにが博士論文だ。なにが学会で「おおー」だ。こんなポカミスをやらかすなんて、私は研究者として失格だ。お父さん、お母さん、ごめんなさい。せっかく博士課程まで進ませてくれたのに、あなたたちの娘は意気揚々とクソ汁を作ってしまいました……！

研究室に入ってきた岩間が、

「ちょっと、なに寝てんの」

と肩を揺さぶってきたが、本村は動けずにいた。しまいには岩間も心配そうに、

「どうしたの、具合でも悪い？」

と身をかがめて覗きこんできたが、本村はぎゅっと目をつぶって、

「なんでもないです」

と小声で答えた。「ちょっと貧血みたいで。こうしていればよくなりますから」

頑として顔は上げなかった。情けない表情を見られたくない。実際、貧血でもなんでもないのに、こんなに体に力が入らず、なにも考えられなくなることがあるなんてと、本村は驚いていた。

月がみるみる欠けていき、このさき永遠の暗闇がつづくのではないかと思われるほど、茫漠《ぼうばく》とした心持ちだった。

遺伝子を取りちがえて実験してしまったことを、本村はだれにも言えないまま悶々と過ごした。

本来調べるつもりだった「ＡＨＨＯ」遺伝子に立ち戻るとしたら、すぐに行動に移さねばならない。いま育てている「ＡＨＯ」入りのシロイヌナズナはすべて廃棄し、「ＡＨＨＯ」も含めた四つの遺伝子の変異体を掛けあわせるべく、変異株同士を交配させるところからやり直しだ。新たに交配を重ねて千二百粒の種を採り、その種を播いて育てることになる。

博士論文提出の前提となる雑誌論文のリミットを考えると、時間的にぎりぎりだった。いま決断しなければ、まにあわない。

だが、本村は迷っていた。まちがって「ＡＨＯ」遺伝子を実験に選んでしまったが、葉っぱの制御システムになんらかの変更が生じているのでは、と見受けられる四重変異体候補が育ちつつある。もしかしたら「瓢簞《ひょうたん》から駒」で、これが大きな発見だという可能性もあった。いままで、葉っぱの制御システムとあまり関連づけて考えられてこなかった「ＡＨＯ」遺伝子が、実は葉っぱのサイズ規定に大きな役割を果たしていると証明できるかもしれないのだから。

もちろん、リスクは大きい。このまま実験をつづけても、なんの成果も上げられず、「ＡＨＯ」遺伝子は葉っぱの制御システムとはやっぱり関係なかった、という結論に至る確率のほうが高いと言えるだろう。

現状のまま進めても実験が失敗に終わるかもしれず、かといって「ＡＨＨＯ」遺伝子でやり直しても、実験が中途半端な段階でタイムアップとなるかもしれない。行くも地獄、戻るも地獄。八方ふさがりな状態に本村は陥っていた。

そのストレスのせいか、自宅アパートで就寝しても眠りが浅く、ふとした拍子に激しくむせて目が覚めてしまう。「うえっほうえっほ」と涙目になって咳《せ》きこみながら、どうしたらいいものかと本村は悩み迷った。

実験のやり直しを即断できない理由は、もうひとつあった。

本村はたくさんの変異株を交配させ、千二百粒ものシロイヌナズナの種を得た。これらはみんな、命あるものだ。自分のポカミスによって、いまチャンバー内ですくすくと育っているシロイヌナズナを、播かれるときを待っている残りの種を、廃棄していいのだろうか。

失敗に終わるかもとわかっていても、せめて最後まで育て、大切に実験に使いたい。毎日観察し、丹精こめて手入れしてきたからこそ、本村は四重変異体候補の千二百株に愛着と責任を感じていた。もちろん、実験の手法上やむなくバスタで枯らすことだってする。だが、用済みになったからとすべてを廃棄して、つまり殺して、すぐに新たな実験をやり直そうという気持ちにはどうしてもなれなかったし、倫理的にためらわれた。ナイーブすぎるかもしれないが、シロイヌナズナを愛する本村としては、「ただの実験材料」と割り切ることができなかった。

こういう事態になってしまったからには、まずは指導教授である松田に報告し、相談するべきだ。本村は何回も、「実験に選ぶ遺伝子を取りちがえました」と松田に切りだそうとした。

しかし、松田は本村の失敗をどう思うだろう。基本的すぎるうっかりを怒られるのは当然だとしても、失望され、研究者失格だと見切りをつけられてしまったらどうしようと、こわかった。松田は院生を見放すことなどないし、どんな研究でもおもしろがって、熱心に後押ししてくれるひとだとわかっていたが、それでも打ち明ける勇気が出なかった。

本村にとって、松田研究室はとても居心地のいい場所だったし、シロイヌナズナの研究は本村のすべてだ。自分のすべてをかけて研究に打ちこんでいるつもりだったのに、こんな単純なミスを犯してしまい、本村はなけなしの自信をすっかり喪失した。このうえ、松田に見切りをつけられ、「もう研究の道を行くのは諦めたほうがいいのではないですか」などと言われたら。そう思うと萎縮してしまって、松田の目をまっすぐ見られなくなった。

松田が研究室の衝立《ついたて》の陰から出てくると、本村は消しゴムを落としたふりで自分の机の下にもぐりこむ。

「本村さん。夏の合同セミナーの件なのですが」

と呼びかけられようものなら、ぎくしゃくと松田に近づいていき、死刑の宣告を待つかのごとくおどおどと、うつむきがちに用件を聞く。そんなことが何度かつづくうちに、さすがに松田も不審に思ったらしい。

「どうかしましたか？」

と怪訝《けげん》そうに尋ねられたが、本村はびしょ濡れの犬のごとく、勢いよくぶるぶると首を振るばかりだった。

実験をこのまま進めるかやり直すか、決断を下せないまま一週間が過ぎた。そのあいだも、本村はチャンバー内のシロイヌナズナの観察をつづけた。子葉が大きくて胚軸が毛深い、四重変異体の有力候補である二株は、本村の沈む心をまるで感知することなく、相次いで最初の本葉を出した。ほかの株と比べて本葉のサイズが大きいかどうかは、顔を出したばかりの段階ではうまく判断をつけられなかった。

子葉のときは、すぐに「なにかがちがう」とわかったのに。それとも、あのとき「ちがう」と感じたのも私の勘違いで、期待に目をくらまされただけだったのだろうか。やっぱり、取りちがえた遺伝子「D」、すなわち「AHO」は、葉っぱの制御システムとはなにもかかわりがないのだろうか。

本村はため息をつき、本葉を出したばかりの二株をそれでも眺めつづけた。以前は希望の象徴のようにきらめいて見えた株。いまや、なんの意味もないものになってしまったのかもしれない株。

だが本村の目にはどうしても、その二株が特別に映る。いまの段階では、本葉のサイズはほかの株と同じように見えるけれど、否定しても否定しても、本村の直感は、「この子はほかの株とはどこか様子がちがう」と訴えてくる。

とはいえ、それも希望的観測にすぎず、「このまま実験をつづけてもいいのではないか」と思いたいから、「様子がちがう」ように見えているだけだとも考えられる。

本村は自分自身も観察眼も信じられなくなり、どの道を選べばベストなのか判断する気力と余裕も失って、憔悴を深めていった。しかし習慣とはおそろしいもので、手だけは自動的に動き、シロイヌナズナの写真を撮ったり記録をメモしたり水をやったりという日課は着々とこなす。

目のまえで成長をつづけるシロイヌナズナを放ってはおけない。その思いのみが、本村にいつもどおりの行動を取らせていた。実験のやり直しを決断したら、廃棄しなければならないシロイヌナズナなのに。そう思うと、けなげに葉を増やそうとするシロイヌナズナがかわいそうで、馬鹿な取りちがえをしてしまったことが申し訳なくて、泣いている場合ではないのに涙がにじんだ。

もちろんシロイヌナズナは、本村の感情や葛藤などどこ吹く風。いつ摘み取られる運命かもわからぬというのに、人工の太陽のもと、黙々と光合成《こうごうせい》を行い細胞を増殖させる。

それもまたけなげに感じられ、だけど少々不気味でもあるなとため息をついたとき、

「やっぱりここにいた」

と、川井が栽培室に入ってきた。本村は急いで目もとをぬぐい、「はい」とドア口に向き直った。

川井は自分のチャンバーのまえに立ち、なかからコケやらシダやらの鉢を取りだした。

「来月ボルネオ島に行くから、チャンバーをあけるよ。いまあけたら、僕が帰るまで一カ月半ぐらいは、このチャンバーを本村さんが使えるだろ？　そのあいだにシロイヌナズナを育てるといい」

「でも……」

川井がチャンバーから取りだし、長机に並べた鉢を見て、本村はためらった。

「ああ、大丈夫」

と川井は請けあう。「このコケとシダは、僕が半ば趣味で育ててるものなんだ。加藤くんが、コケは自分のチャンバーで、シダは温室で預かってくれるって。実験に使うコケは、僕のチャンバーの下段に入れたままにしていくけど、そっちの世話も加藤くんにお願いしてあるし、本村さんのシロイヌナズナに影響が出るようなものでもないから」

「はい、ありがとうございます」

「じゃあさっそく、シロイヌナズナの種を播いて、あいたスペースに入れよう。僕も手伝うよ」

ただでさえ遅れ気味だった本村の実験を、川井は案じてくれていたのだろう。トレイを持ってきて、新しいロックウールを並べだした。

遺伝子を取りちがえ、実験そのものをやり直さねばならないかもしれない状況だ、とは言いだしにくく、本村は栽培室の冷蔵庫に保管していた種を取りだした。変異株同士を交配させて採った千二百粒のうちの、まだ播けていない種だ。

川井に手伝ってもらい、トレイ二枚ぶん、三百二十粒の種をロックウールに播く。「四重変異体らしき株は順調に育ってる？」とか「プライマーの手配はした？」などと川井は話しかけてきてくれたが、本村は「はい」とか「いえ、まだです」と言葉少なに答えるにとどめ、あとは黙って、濡らした爪楊枝に種をくっつけ、ロックウールに載せていった。

こんなに親切にしてもらっても、この実験自体が無駄かもしれないのだ。川井の厚意も時間も踏みにじっているのだと思うと、心苦しさでどうかしてしまいそうだった。かといって、ピンチに直面していることを打ち明けて助けを求める勇気も出ず、卑怯で臆病な自分が本村はいやでならなかった。

川井が心配そうな視線を寄越しているのに気づいていたが、本村は固く唇を結んで、種播きに没頭しているふりをした。

しかしまあ、秘密を一人で抱えるのにも限界がある。なにしろ研究室の面々は、週に五日か六日は顔を合わせ、ほぼ一日じゅう、ともに時間を過ごしているのだ。本村の元気がないことなど、すぐに察しがつくだろう。

川井と種播きをしたのは金曜日だったのだが、その日の夜、帰宅しようとした本村

は、研究室を出たところで捕獲された。研究室のまえの廊下に、同じく帰り仕度をした川井、岩間、加藤が並んで立っており、

「ちょっと飲みにいこう」

と有無を言わさず腕を取られたのである。

松田はすでに帰ったあとだった。研究第一の松田は非常に規則正しい生活を送っており、眠そうにしながらも朝はだいたい七時半には出勤し、夜は遅くとも八時には煙のように姿を消す。自宅がどこにあるのか、私生活がどんなふうなのか、あいかわらず謎に包まれたままだ。わかっているのはただ、クローゼットの中身がシマウマみたいな色合いらしいということだけ。

松田が帰宅すると、「科学の鬼のいぬまになんとやら」で、研究室の面々はたまに酒盛りをする。T大の近所の店でビールや惣菜を買いこみ、終電までの数時間、研究室でささやかな宴会を開くのだ。とりとめもなく話し、くだらない冗談を言って笑いあうことが多いが、最後には結局、それぞれの研究について真剣に議論している。なんだかんだで、「科学の鬼」ぞろいなのだった。

ところが、その夜はいつもとちがい、川井たちは本村を引っぱって円服亭へと連行

した。

本村の様子が変だということは、サボテンにばかり気を取られている加藤ですら気がついていたようだ。研究室で宴会をしたぐらいでは、本村の気分転換にはならないだろう。川井と岩間と加藤は相談し、T大の外、円服亭で飲もうと決めたらしい。

本村としては宴会をする気分ではなかったのだが、川井たちが心配してくれていることはなんとなく感じられたし、なによりも円服亭の藤丸に、「いらっしゃいませ！」と満面の笑みで出迎えられたので、いまさら帰るとも言えず、うながされるまま席についた。

そろそろ九時になろうかという時刻だったため、客のほとんどがデザートを食べたり、帰り仕度をはじめたりしていた。円服亭店主の円谷《つぶらや》も、怒濤《どとう》の調理が一段落したらしく、レジに立って会計の対応をしたり、常連客としゃべったりしている。

あいたテーブルから食器を下げていた藤丸が、メニューを眺める本村たちのもとへやってきた。

「ご注文お決まりですか」

岩間が代表して、曖昧にうなずく。

「うん……。遅くに来ちゃってごめんね。閉店、十時ごろだったっけ？」

いまさら揚げ物などを頼むのも悪い気がするし、どんな料理ならそれほど手がかからないだろうと、松田研究室のメンバーは注文を決めかねていたのだった。

藤丸はそれを察知したようで、

「そんなこと気にしなくていいすよ」

と言った。同時にレジから円谷も、

「なんでもじゃんじゃん注文してください」

と声をかけてきてくれた。「自分は今夜、ちょいと早上がりさせてもらうんで、追加注文以降、味が落ちちまうかもしれないけど。そうなったら割引価格にして、そのぶん藤丸の給料から天引きするから、なんの遠慮もいりませんよ」

「ちょっと大将、ひどいじゃないすか」

藤丸は円谷に抗議し、改めて本村たちに向き直った。「大将は週末、彼女と伊東に行くんで、うきうきで早上がりなんす」

「ご店主、つきあってるひとがいるんだ……！」

加藤は衝撃を受けたもようだ。サボテン道に邁進《まいしん》する自身と同じように、円谷も料理道ひとすじなのだろうと、勝手に仲間意識を抱いていたらしい。

「いるっす」

基本的に恋愛に前向きな藤丸は、あたりまえでしょうというようにあっさりうなずいた。「最近、大将は俺に調理を全面的に任せてくれることもあるんすよ。明日は一日、大将の留守を預かって俺が店を切り盛りしますし、今夜も大将が帰ったあとのことは、俺に任されてますんで。みなさんなら、何時までいてもらってもいいすから、好きなものをゆっくり食べてってください」

藤丸の言葉に甘え、川井と岩間はデミグラスハンバーグセットを、加藤はトンカツ定食を注文した。本村は食欲がなかったが、藤丸が伝票を手ににこにこと待ち構えているので、ナポリタンを頼んだ。加藤がぬかりなく、全員ぶんのビールもつけ加える。

注文を受け、帰宅まえに一仕事とばかりに、円谷が張り切って厨房へ入っていった。

藤丸はビールを運んできたのち、ほかの客の会計をしたり、食器を片づけたり、ビニール製のテーブルクロスを入念に拭いてまわったりと、閉店と翌日の営業に向けた作業に忙しそうだ。

松田研究室のメンバーは、

「かんぱーい」

と、なにに対する乾杯なのかわからないが、とりあえずグラスを小さくぶつけあった。本村はここのところ、必要最小限の飲食しかする気になれずにいたので、ビールが胃に落ちてもまだ、しゅわしゅわと泡立っているような感じがした。突然のアルコールに体が驚いているのかもしれない。結局、一口だけ飲んで、すぐにグラスをテーブルに置いてしまった。

そんな本村の様子を、川井たちが気づかわしげにうかがっている。本村は居たたまれずうつむいた。しばし、気まずい沈黙がテーブルに落ちた。「ごちそうさまでした」とまた客が帰っていき、「ありがとうございました!」とドア口で藤丸が威勢よく見送る。それをやまびこのように追いかける、円谷の「ありがとうございました」の声が厨房から聞こえた。

店内にいる客は、本村たちだけになった。

「あのさ」

と、本村の隣に座る岩間が口火を切った。「元気、ないよね?」

直後、岩間は向かいの川井に軽く足を踏まれたようで、テーブルの下で両者がタップダンスのように複雑に足を踏みあう気配がした。

これでは埒《らち》が明かないと思ったのか、

「例の、子葉のサイズがでかくて胚軸が毛深い株、どんな調子ですか?」

と加藤が尋ねるも、川井と岩間は単刀直入すぎると判断したらしい。隣の川井に肘《ひじ》で腕を小突かれ、斜め向かいの岩間に向こうずねを蹴られて、「いてっ、いてっ」と加藤はうめいた。

こんなふうに研究室のメンバーに気をつかわせるほど、私は大人げない態度を取ってしまっていたんだ。本村は反省した。自分の苦悩に搦《から》めとられるあまり、まわりのひとのことを見たり考えたりする余裕を失っていた。

もし、失敗や悩みごとをだれにも相談したり打ち明けたりしたくないのだったら、いつもどおりに振る舞うほかない。いつもどおりに振る舞う気力がどうしても出ないのだったら、心にかかる事柄を思いきってだれかに相談したり打ち明けたりして、分け持ってもらうほかない。

元気をなくした様子を見せ、なおかつだんまりを決めこんだまま、周囲から心配を寄せられるばかりでは、大人だとは言えないはずだ。本村は自身をそう鼓舞する。

いや、赤ん坊だって、苦しいことや困ったことがあったら、精一杯に泣いて訴える。「助けて、なんとかして」と。おしめを替えてもらったり、おっぱいをもらったりすれば、泣いたカラスで笑ってみせる。「あー、すっきりした。ありがと！」と言わんばかりに。それを見て、赤ん坊の不快を取り除いてやった周囲のひとも、「よかったよかった」と笑顔になる。

だれかに助けを求めることは、決してかっこ悪いことではないし、自分の無力を表明することでもない。まっとうなコミュニケーションだ。むしろ、「こんな弱音や本音を言ったら、相手にどう思われるだろう」と縮こまり、寄せられる心配すら遮断して閉じこもってしまうほうが、よっぽど勇気がなく、周囲のひとの心を無視する行いだと言えよう。

もちろん、深すぎる苦しみと絶望から、なにも言えず身動きも取れなくなってしまうことはあるだろう。でも、私の場合はちがう、と本村は思う。実験に選ぶ遺伝子を取りちがえたと気づいたときから、たしかに私は悩み苦しんできた。だけどその苦悩を改めて分析するに、やっぱり「保身」の成分が濃厚に含まれている。

松田先生や研究室のひとたちに、「研究者失格だ」と思われたくなくて、実験をやり直したとしても、もうまにあわないかもしれないという現実を直視したくなくて、「どうにかならないものか」と私は苦悩していたんだ。悲しかったのもあるけれど、なによりも、失敗を認めるなんてプライドが許さなかったから。

ばかげたプライドだった、と本村は自嘲した。それでちょっと気持ちが吹っ切れて、「やっぱり勇気を出して、川井さんたちに相談してみようかな」と考えることができた。

遺伝子を取りちがえたまま実験を進めてしまったからには、もはや、くよくよしていたずらに心配されている場合ではない。一刻も早く周囲の知恵を借り、どうするのがベストか方針を固める必要がある。黙って苦悩していれば問題が解決するならば、百万年でも黙って苦悩しつづける覚悟があるが、現実はそれでは動かないし、そもそも万年単位の忍耐を覚悟する胆力がまだ残っているのなら、弱音や本音をぶちまける勇気に換えて、周囲の助けを求めたほうが事態を早く打開できるはずだ。

本村は腹を決め、顔を上げた。

「実は……」

と言いかけたところで、

「お待たせしましたー」

と藤丸がやってきた。熱々のデミグラスハンバーグが載った鉄板プレートとライスの皿を、掌から手首にかけて満載している。

間が悪い……。と、藤丸以外の全員が思った。

川井、岩間、加藤は、自棄《やけ》になった感じで、ビールを特大ピッチャーでひとつ頼んだ。とにかく飲まないことには、緊張と弛緩の波状攻撃に耐えきれない、という結論に至ったらしい。藤丸はすぐに、特大ピッチャーを運んできた。

藤丸が厨房に消えたのを見はからって、川井がピッチャーを持ちあげ、からになっていた岩間と加藤と自分のグラスにビールをつぎわける。本村も、すっかり泡が消え、ぬるくなってしまったビールを、また一口だけ飲んだ。

喉を湿らせ、

「あの……」

と再度切りだそうとしたところで、案の定藤丸が、

「お待たせしましたー」

とトンカツ定食の盆とナポリタンの皿を両手にやってきた。

松田研究室の面々はもう諦め、黙々とそれぞれの注文の品を食べた。本村だけは、なかなか皿の中身が減らなかった。いつも天上の食べ物かと思うほどおいしく感じられてきたナポリタンが、今夜はただのスパゲッティと化していた。打ち明けるタイミングを連続してはずされたことで、「やっぱり相談なんか持ちかけても、川井さんたちにだってどうしようもないことだろうし、迷惑になるかも」と迷いが出てきてしまい、葛藤が味蕾《みらい》を鈍化させていたからだろう。

調理用の白衣を脱いで、厨房から円谷が出てきた。

「おさきに失礼しますけど、あとは藤丸になんでも言いつけてやってください」

と円谷は上機嫌で言った。「じゃあ、ごゆっくり」

一同は言葉少なに会釈し、足取りも軽く夜の道へと消える円谷を見送った。ご店主の私服をはじめて見た気がする、と本村はぼんやり思った。ジーンズと真っ赤なセーター、カーキ色のジャンパーを羽織った出で立ちで、なんとなく昭和感は否めないが、円谷によく似合っていた。

これから彼女と会うのかもしれない、と本村は思い、「恋、か……」と遠くを見る目になった。恋なんて興味がない、研究ができればそれでいい、とずっと思ってきたけれど、実験がこのまま失敗に終わったら、つまり私にはなにもなくなってしまうということなんだろうか。

おそろしいような気もしたが、それでも、べつに恋なんかどうでもいいやという思いもぬぐいがたくあった。シロイヌナズナを相手にするうちに、いよいよ植物と同化し、感情という概念が消え失せつつあるのかもしれない。

ナポリタンを食べようとする意思を放棄し、本村はフォークを皿に置く。

ううん、そうじゃない。やっぱり感情はある。ただ、私にとって一生に一度の恋の相手が、人間ではなく「植物の研究」であるだけ。たとえ失敗に終わったからといって、全力で愛した記憶も気持ちも消えることはないはずだ。自分に備わった情熱と愛のすべてをかけて、植物の研究に恋をしているから、それがいまにも終わりそうなことが、こんなにも苦しくてつらくてならないんだ。

川井と岩間と加藤は、すでにハンバーグセットとトンカツ定食を食べ終えている。すっかり食欲をなくした本村を見て、かれらはビールを飲みながら視線を交わしあった。

「実験がうまくいってないのね」

岩間がとうとう、核心を衝《つ》く質問をした。いや、それは質問というよりも、断定だった。ただ、心配と思いやりがやわらかく語尾にこめられていたので、本村はなんだか救われた気持ちになって、うなずいた。そしてようやく、

「私、どうしたらいいんでしょう」

という一言を発することができた。「もうわからなくて……」

本村のかすれた声でのＳＯＳに、川井と岩間と加藤は、「よしきた、なんでも相談に乗るから、具体的に話してごらん」という思いで身を乗りだした。


ところがそこに、表の明かりを消した藤丸がやってきた。

「みなさん、デザートはいかがっすか。今日は俺が作ったレアチーズケーキっす。ちょうど四つ残ってて」


そこまで言いかけた藤丸は、本村がナポリタンにほとんど手をつけていないことに気づいたようだ。「どうしたんすか、本村さん。それ、俺じゃなくて大将が作ったから、味は大丈夫なはずっすけど。腹でも痛いですか？」


本村を案じる藤丸に、川井が重々しく告げた。

「レアチーズケーキを四つお願いします。そして藤丸くん、店じまいの作業が終わっ

たら、きみもここに座ってほしい。どうもさっきから出鼻をくじかれつづけているんだ」

厨房でなにやらがちゃがちゃやっていた藤丸が、レアチーズケーキ四つとコーヒー五つを二度にわけてお盆に載せ、テーブルに持ってきた。最後に、大盛りのピラフが載った皿も運んでくる。コーヒーは藤丸からのサービスだそうだ。コーヒーのうちのひとつとピラフは、藤丸自身の遅い夕飯らしい。

藤丸は一同の隣のテーブルについた。とはいえ、テーブルとテーブルは狭い間隔で置かれているので、実質的には加藤の隣の椅子に腰を下ろしたと言っていい。本村の斜め向かいにあたる位置だ。

勢いよくピラフを食べはじめた藤丸を見て、本村はなんだかうらやましい気持ちになった。本村の手もとには、まだナポリタンがある。冷めてしまったが残すのも心苦しく、下げるのを待ってもらっている。

川井、岩間、加藤は、やっと藤丸が活動を休止したので、安堵した様子だ。ピッチャーのビールも飲み干し、三人のまえにはレアチーズケーキとコーヒーのみが置かれた状態である。

川井がケーキを食べながら、

「さあ」

と言った。「なにを悩んでいるのか、今度こそ聞かせてくれるね？」

本村は話した。実験に選ぶ遺伝子を取りちがえてしまったこと。実験をやり直すべきか、このまま進めてみるべきか、とても迷っていること。

話しはじめると、苦悩の塊が溶けだすみたいにどんどん言葉があふれた。本村はほとんど淀《よど》みなく、現在の窮状について語り終えることができた。脳内で何度も何度も状況を整理し、どうすればいいか悩みつづけてきたおかげだろう。

「それは……」

川井たちは顔を見合わせ、しばし反応に困ったように沈黙した。

「初歩的だけどむちゃくちゃ重要な部分で、まちがえてしまったんですねえ」

と、加藤は同情したふうだ。

「たしかに、遺伝子の略号って似てるものがあるから。だれにでも起こり得るうっかりミスだよ」

と、岩間は腕組みした。

テーブルに深刻な空気が流れた。だが、ここに一人、事態の深刻さをまるで理解しない人物がいる。言うまでもなく藤丸だ。

高速でピラフをたいらげた藤丸は、本村の説明を聞きつつ、「AHO」「AHHO」とスプーンで中空にアルファベットを書いていたが、ややあって脳みそに綴《つづ》りが浸透したのか「ぶほっ」と笑った。

「『アッホー』を調べなきゃいけないのに、『アホ』を調べちゃったってことか。たしかに、なんかショックっすね」

本村は、「それは単に略号で、アホとは読まないんです！」と思ったが、自分でも薄々、「よりによって、略号がアホとアッホーだなんて」と感じてはいたので、悲しく恥ずかしくなってうつむいた。

本村がまた意気消沈したのを見た藤丸は、川井たちににらまれたこともあって、

「すいません、すいません。黙るっす」とあわあわしながら謝った。

「取りちがえがきっかけだとしても」

と、川井が思案しながら言う。「AHOが葉っぱの制御システムに影響を及ぼして

いると証明できれば、大きな発見だ。ただ、これまであまり研究されてきていない遺伝子だから、どんな働きをしているのか、現段階ではほぼ見当がつかない。このまま実験を進めても、空振《からぶ》りに終わる可能性も高いわけか……」

「そうなんです」

本村はうなずいた。「みなさんだったら、どうしますか？」

「難しいところだね」

川井はため息をついた。「博士論文がかかってなければ、僕は続行すると思う。だけど、期日までに博論を仕上げることを最優先に考えるならば、実験をやり直したほうがいい気がする」

「やり直したとしても、実験が成功するとはかぎらないですよ」

と岩間が反論する。

「もちろん、絶対ではないけれど」

本村の苦境を慮《おもんぱか》ってか、川井は自分が遺伝子を取りちがえたかのように苦しげだ。

「正体不明感が強いＡＨＯの変異体を使いつづけるより、葉っぱの制御システムに影響していそうなＡＨＯで実験をやり直して、着実に四重変異体を作ったほうがいい。

そのほうが実験の成功率は高いはずだし、ＡＨＨＯが葉っぱのサイズ規定に関係がある、と証明できれば、それもまた発見だ」

「実験をやり直すとしたら、いまが時間的に最後のチャンスなのはたしかですね」

岩間も納得したらしい。本村のほうに顔を向け、

「遺伝子を取りちがえたこと、松田先生に報告は？」

と尋ねてきた。

「まだです。言いだしにくくて……」

本村はうつむいたまま身を縮こまらせる。

「私たちにすら言えずに悩んでたんだから、当然そうだよね」

岩間はため息をつく。「気持ちはわかるけど、隠しとおすことなんて無理なんだし、早く相談しないと」

「そりゃ、松田先生には報告しないとまずいですけど」

と加藤が口を挟んだ。「そのうえで、俺だったらこのまま実験をつづけますね。だって現時点で、四重変異体らしい株ができてるんですから、捨てるのはもったいないですよ」

「たしかに」

と川井は言う。「ＡＨＯを使った株を、このまま活用するのは手だね。本当に四重変異体だと判定できたら、その株に改めて、ＡＨＨＯの変異株を掛けあわせればいい。そうしてできた孫世代には、『ＡＨＯ遺伝子は正常だけど、ＡＨＨＯ遺伝子は壊れている』四重変異体を持つ株がいる。この方法なら、ゼロから交配をやり直すよりずっとスムーズに、ＡＨＨＯ入りの四重変異体を作れるよ」

加藤と川井の意見に、それももっともだ、と一同はうなずきあった。なぜか藤丸までもがうなずき、

「『アホ』だって大事にしなきゃですよね」

と言う。「俺もさっきから気になってたんすよ。実験をやり直すとなったら、せっかく生えたデカパイはどうなっちゃうのかなあって」

本村は、「藤丸さんのなかで変なあだ名が定着してしまってる」とやや不満に思ったが、意気消沈中なことに加え、生来のおとなしい性格のためもあって、抗議は控えておいた。かわりに川井たちににらまれた藤丸は、「すいません、今度こそ黙るっす」とコーヒーをすすった。

「デカパイ、もとい」

と、加藤が咳払いして会話を再開させる。

「子葉のサイズが大きくて胚軸が毛深い株ですけど、その後の様子はどうなんですか」

「もう一株見つかった。でも、どっちも本葉が出たてで、まだよくわからないの」

本村はダンゴムシのように背中を丸め、小さな声で答えた。「いまのところ、本葉のサイズはほかの株と変わらないように見える」

「四重変異体じゃなかったのかしら」

「四重変異体だとしても、AHOを実験に選んでしまったことで、葉っぱの制御システムに期待したような変更が生じなかった、という可能性も考えられますよ」

岩間と加藤が話しあうのを見ながら、川井は黙ってなにか考えているようだった。

「やっぱり、実験をゼロからやり直したほうが安全パイなんじゃない」

と、岩間が励ますように言った。「そのほうが、博論も期日までに確実に提出できるよ。本村さんの交配技術があれば、今度こそ狙いどおりの四重変異体を作れると思うし」

チャンバーのなかで輝いて見えた最初の一株。「四重変異体なのでは」と直感したときの喜びを思い起こすと、本村としては即答しかねた。それでも、「実験をゼロからやり直す」というほうに心が傾きかけたそのとき、

「藤丸くんだったら、どうする」

と川井が言った。

藤丸さんは、研究や実験にはまるで詳しくないのに。本村は驚いた。どうして川井さんは急に、藤丸さんに意見を求めることにしたんだろう。岩間と加藤も、本村と同じ思いだったらしく、川井と藤丸に慌ただしく視線をやった。

藤丸だけは、さして驚いたふうでもなかった。発言を許されてうれしそうに、しかしこともなげに、

「つづけるっすね」

と答える。

門外漢のはずの藤丸が、確信に満ちているのがどうしても解《げ》せず、最前以上の驚きに打たれもした本村は、

「なんで言いきれるの？」

と、思わず丁寧語を忘れて聞いてしまった。

「デカパイができたとき、本村さんはすごくうれしそうでしたよね」

藤丸は頰を搔《か》いた。「そういう気持ちって、大事にしたほうがいいと思うっす」

「でも、遺伝子を取りちがえてしまったから、あれが狙いどおりの四重変異体かどうかは……」

「俺、ガキのころから料理を作るのが好きでした」

と、藤丸は真剣な表情になって言った。「最初は母親に教わったり、レシピ本を見ながら作ったりしてたんすけど、そのうちどんどん自分でアレンジするようになって。勘で調味料を入れたり、『この食材は合わないだろ』ってもんをぶちこんでみたり。そしたらますます、料理が楽しくなったんです。激まずなものができることもあったけど、思いがけないぐらいおいしいときもけっこうあって、うれしいしスリルがあるから」

藤丸は一生懸命に、経験と実感に基づいてしゃべっていた。本村だけでなく川井たちも、藤丸の言葉に聞き入った。

「レシピ本に書かれたとおりに作って、予想したとおりの味になったときより、『こんな料理になった！』って意外なときのほうが、まずいもんができたとしても、楽しいです。だから俺は、本村さんもこのまま実験をつづけてみたらどうかなと思うっす。うれしいとか楽しいって感じたんなら、結果が失敗でも後悔はしないっすよ。『また次、もっとおいしい料理を作ろう』って思いながら、俺は激まずの失敗作を食べる派です」

ま、俺の作る料理と本村さんがやってる実験とでは、難しさのレベルがちがうと思いますけど。藤丸は照れくさそうにつけ加えた。

「ううん」

と本村は首を振る。ううん、まったくちがわない。料理も実験も同じだ。予定どおりに実験を進めて、予想どおりの成功を得ることができるか。期日までに博士論文を提出できるか。そんなことばかりに気を取られてしまっていたけど、私がまちがってた。

実験に筋書きなんかない。研究に期日なんかない。

うっかりミスも含めて、目のまえで起きている事象を先入観なくよく観察し、誠実かつ公正に事実を記録しつづける。失敗しても工夫を重ね、この世界の理《ことわり》ににじり寄りつづける。自分の命が尽きる日まで、「どうして」と問いかけ、謎を追究しつづける。それが実験であり研究なんだ。

本村はひさびさに急激な空腹を覚え、ほとんど手つかずのままだったナポリタンを猛然と食べはじめた。藤丸があわてたように、

「作り直しますよ」

と言ったが、本村はまた「ううん」と首を振る。

冷めたナポリタンは塊になってしまっていたが、本村はフォークで丸ごと持ちあげ、かじりつくようにして完食した。天上の食べ物かと思うほどおいしかった。ぬるいビールも飲み干し、一息つく。

その様子を見ていた川井が、

「藤丸くん、ありがとう」

と言った。「僕は専門バカになってしまってたみたいだ。いま大事なのは、『どうしたら実験の成功率が上がるか』や『博論をちゃんと提出できるか』じゃなかった」

岩間も藤丸の発言に感じるところがあったのか、食べ終えたケーキの皿に視線を落としている。

「いやいや、それも大事だと思いますけどね」

と、加藤が茶化して混ぜ返す。「でも、失敗に気づいたときは、むしろそれを楽しんじゃうぐらいの心構えで対応策を練ったほうが、斬新な研究につながるのかもしれないなあ」

エネルギー補給ができて、力を取り戻した本村もうなずいた。

「藤丸さん、川井さんたちも、いろんな角度から検討とアドバイスをしてくださって、本当にありがとうございます」

「よかった、心が決まったみたいだね」

と川井は笑った。「じゃあ、松田さんにちゃんと報告すること。明日は土曜日だけど、研究室に来る予定だとおっしゃってたよ」

十一時を過ぎたところで、研究室の面々は円服亭を辞した。時間切れで食べきれなかった本村のぶんのレアチーズケーキは、藤丸が保冷剤とともにタッパーに入れて持たせてくれた。

店のドア口で一同を見送る藤丸は、

「がんばってくださいね」

と本村に言った。

深く一礼した本村は、晴れやかな気持ちで、川井たちとともに路地から夜の本郷通りへ出た。

翌日の朝、本村は自宅アパートの冷蔵庫から、厳《おごそ》かにレアチーズケーキ入りのタッパーを取りだした。コーヒーをいれ、ケーキを皿に移して、小さなローテーブルに向かって畳に座る。パキラや窓辺に並んだサボテンなどの鉢が、気持ちよさそうに葉やトゲに光を受けている。

「いただきます」

室内で言葉を解するものは本村のほかにいなかったが、それでもちゃんと挨拶してからケーキを食べた。なめらかな舌触りと控えめな甘さで、とても優しい感じがするレアチーズケーキだった。

藤丸さんの味だ、と本村は思った。スイートポテトもレアチーズケーキも、それぞれの食材が引き立つ仕上がりで、でも共通して藤丸の気配がする。食べるひとのことを想像し、考えて作った品なのだと伝わってくる。

本格的に近づきつつある春を察知したのか、鉢植えの緑はより色を深くし、元気な様子だ。ケーキを食べ終え、使った食器とタッパーを丁寧に洗った本村は、水をやるついでに窓辺の植物を仔細に観察した。

多肉《たにく》植物にはさしたる変化は見られなかったが、寒さで葉が茶色っぽくなっていたハーブの寄せ植えは、いつのまにかやわらかい茎をのばしはじめていた。サボテンも新しい瘤《こぶ》のようなものがぽこりとでき、その部分のトゲは瑞々《みずみず》しい純白である。

心配なのはポインセチアだ。いまだに「ただの棒」状態だということは、やはり完全に枯れてしまったのだろうか。畳に置いた鉢に視線を移した本村は、

「あっ」

と声を上げた。茶色い棒にしか見えないポインセチアの枝に、緑のスポンジを小さくちぎったようなものが、ぽつぽつと貼りついていた。ゴミかと思ったそれらはすべて新芽だった。本村が気づかぬうちに、ポインセチアは静かによみがえり、再び葉を繁らせようとしていた。

諦めずに水をやりつづけてよかった。私がぬか喜びしたり意気消沈したりしているあいだも、ポインセチアは淡々と、でも懸命に生きてたんだ。本村はうれしく、物言わぬポインセチアに勇気づけられた気がして、緑の新芽に指さきでそっと触れた。

不思議だなと思う。言語を持たず、気温や季節という概念すらないのに、植物はちゃんと春を知っている。温度計や日記帳を駆使せずとも、「これは小春日和ではなく、本物の春だ。そろそろ例年どおり、活発に生命活動をする時期が来た」と判断し記憶できる。

翻《ひるがえ》って人間は、脳と言語に捕らわれすぎているのかもしれない。苦悩も喜びもすべて脳が生みだすもので、それに振りまわされるのも人間だからこその醍醐味だろうけれど、見かたを変えれば脳の虜囚とも言える。鉢植えの植物よりも、実は狭い範囲でしか世界を認識できない、不自由な存在。

でも、だからといって植物をうらやんでばかりもいられない。外出の仕度を済ませた本村は、部屋の真ん中で大きくのびをした。私も植物を見習って、感じたことをちゃんと受け止め、最善だと思える判断と行動をしよう。せっかく脳があるんだから、限界まで考え、想像するよう努めよう。研究に対してそうするのはもちろんのこと、周囲のひとに対しても。

心配し、親身になって相談に乗ってくれるひとたちがいることを、忘れちゃいけない。世界に一人きりみたいな気持ちになって、途方に暮れて立ちすくむのはもうやめだ。

本村は「いってきます」と声をかけ、アパートの部屋を出た。もちろん応えは返らなかったが、パキラがゆさりと枝を揺らした気がした。

土曜日の理学部B号館は、さすがにいつもよりはひとの出入りが少ない。

本村が研究室に着いたのと相前後して、「おはようございます」と松田がやってきた。朝に弱いくせに早起きという謎の習性のせいか、ややおぼつかない足取りだ。持参したノートパソコンの電源を入れたところだった本村は、研究室のドアから衝立へと至る動線をふさぐ形で、急いで松田のまえに立った。

「先生、いまちょっとよろしいでしょうか」

「はい、どうぞ」

松田は鞄を片手にぶらさげたまま、ぼんやりと本村を見下ろす。

先刻から研究室の自分の机にいた川井は、「せめて一息ついてから、どこかに座って話せばいいんじゃないだろうか」と気を揉んでいたのだが、もちろん本村はそんな川井の内心を知るべくもない。ひたすら、「早く先生に真実を打ち明け、報告しなければ」という思いに駆られ、緊張してにじんだ手汗をジーンズにこすりつけていた。

「おはようございます」
と加藤が研究室のドアを開けた。川井は、温室に預けたシダを見たかったんだ。加藤
「あーっと」
と言って、席を立った。「そういえば、川井に引きずられるようにしてドア
くん、ちょっと一緒に来てくれ」
加藤は室内に一歩も足を踏み入れられぬまま、川井に引きずられるようにしてドア
の向こうへ消えた。
研究室には、本村と松田だけが残された。本村は川井の心づかいに内心で感謝しつつ、
「実は」
と意を決して切りだした。「遺伝子を取りちがえて実験してしまっていました」
松田は黙って本村を見ている。あきれられたのだろうかとあせり、悲しくなって、
本村は必死に言葉をつづけた。
「AHOの変異株を使って四重変異体を作るつもりだったのに、まちがってAHO
の変異株を選んでしまっていたんです。名前が似ていたので、うっかり……」

声に出して説明するのは二度目だが、言い訳にもならない、まさにうっかりミスだと、本村は改めて自分が情けなくなった。うなだれる本村に、

「いつ、それに気づいたんですか？」

と松田が問いかけてきた。

「一週間ちょっとまえです」

松田は大きく息を吐いた。やっぱりあきれられたんだ。ポカミスをしたうえに、それを指導教授にずっと報告せずにいたなんて、たしかにありえない。どの角度から見ても真剣さと誠意のたりない姿勢だ、と受け止められるのも当然だ。本村はますますうなだれ、

「すみません」

と言った。研究者として失格だと、松田に断じられるのを覚悟した。

ところが松田は、

「謝る必要はありません」

と言った。穏やかな声だった。

「ミスはだれにでもあることです。それよりも驚いたのは……」

と言いかけて、鞄が重いことに気づいたらしい。かたわらの大机に、いまさらながら置いた。

「驚いたのは、本村さんが一週間以上も黙って悩んでいたらしいことです」

予想外の言葉に、本村はおずおずと顔を上げた。松田は眠気が覚めてきたのか、いつものように眉間に皺《しわ》を寄せ、なにやら思案している目で本村を眺めていた。

「もしかして私は、相談を持ちかけにくい雰囲気を発していますか」

と松田は言った。取っつきやすいムードとは言いがたいです、とは言えず、

「は、いえ、その……」

と口のなかでもごもご答える。「昨日、研究室のみなさんには話を聞いてもらいました」

あまりフォローになっていないどころか、松田の醸《かも》す雰囲気にダメ出しをしたような発言になってしまった。どうしよう、と動揺する本村をよそに、

「それはよかったです」

と松田はうなずく。「本村さんには悪いことをしてしまいましたね。私も、どうも暗くて面白味のない人間だという印象をひとに与えているらしいことに、気づいては

いたのです。今後は色つきのシャツを着るなどして、雰囲気の改善に努めます」

松田が頭を下げようとしたので、本村はあわてて、

「いえ、ちがうんです、先生」

ととどめた。「先生にかぎらず、だれに対しても、私が失敗をなかなか言いだせなかっただけで……」

そもそも、松田先生の自己認識は微妙にまちがっている、と本村は思った。松田を「面白味のない人間」だと感じているひとは、少なくとも理学部B号館には一人もいないだろう。卒業研究では「厳しそう……」と敬遠されがちだが、常に飄然《ひょうぜん》と研究に邁進し、白と黒の服しか身につけず、機械のように規則正しい生活を送る松田は、実は隠れた人気者なのである。学部生の女子のなかには、ひそかに「松田先生観察日記」をつけるものもいるほどだとか。そう言うと松田がパンダみたいだが、松田と身近に接し、人柄をよく知っている本村たちは、案外抜けたところがあり、しかし熱心に指導してくれる松田を敬愛している。

「たしかに」

と松田は言った。「言いだしにくいという気持ちはわかりますが、研究にかぎらず、

なにか困ったことがあったら、すぐに相談するようにしなければなりませんよ。私たち研究者は、ライバルでもありますが、それ以上に、協力し支えあって同じ道を行く仲間なのです。一人で悩むことはありません」

「はい」

本村はようやく、松田をまっすぐに見ることができた。松田の目には、本村を責める色など微塵もなかった。ただただ、本村を案じてくれているのだと伝わってきて、胸が詰まる思いがした。

「それで？」

と松田は少し首をかしげる。「まちがって、実験にAHOを選んでしまったことはわかりました。このあと、どうする心づもりですか」

「四重変異体らしき株の本葉は、いまのところほかの株と変わりがないサイズのように見えます。でも、子葉のときに『これは』と思った直感を、どうしても捨てがたいんです」

「ふむ」

「四重変異体は、できている。そしてAHOも、葉っぱのサイズ規定に影響を及ぼしている。その仮定のもとに、このまま慎重に観察と実験をつづけたいと思っています」

「いいでしょう。それがベストだと私も思います」

松田があっさり同意したので、説得を重ねようとしていた本村は、口を開いた状態で動きを止めた。

「どうしましたか」

「いえ、あの……。先生は、『できた四重変異体に、改めてAHHOの変異株を交配して、もともと予定していた実験の筋道に戻すように』とおっしゃるかと思っていました。川井さんたちからも、そうしたほうがいいかもしれない、という意見も出ましたし」

「予定どおりに実験を進めて、予想どおりの結果を得る。そんなことをして、なにがおもしろいんですか？」

と松田は笑った。「調理実習だって、もうちょっとスリリングでしょう。ホワイトソースがカレーみたいな色になったり、茹でたジャガイモが液状になったりしませんでしたか」

「そこまでの事態に遭遇したことはなかったです」

「そうですか。ま、私は料理のセンスに著しく欠けるので」

松田は眼鏡を指で押しあげた。「パソコンは起動していますか？　ちょっと持ってきてください」

本村は自分の机からノートパソコンを持ってきた。大机に置き、松田と並んで椅子に座る。

松田はインターネットのサイトにアクセスし、なにやら打ちこみながら言った。

「もちろん、川井くんたちの意見ももっともです。いまできている株が四重変異体だと確定したら、それとＡＨＨＯの変異株を交配させて、当初の予定どおり、遺伝子ＡＨＨＯの働きについても調べるべきでしょうね」

「はい、そうします」

実験の方向性と段取りにおいて、松田と自分の認識に齟齬《そご》がないと確認できた。本村は気持ちが軽くなったが、それでもまだ、心に引っかかっていることはある。

「でも、やっぱり迷うところがあって」

本村は率直に松田の助言を求めた。「ＡＨＨＯを調べる方向に、すぐに実験を切り替えなくていいんでしょうか。このままAHOを調べていたら、思ったような結果を得られないまま、どちらの実験も中途半端に終わってしまって、博士論文の提出期限にまにあわないいんじゃないかと不安がぬぐいきれません」

「さきほども言いましたが」

本村の臆病さを鎮《しず》めるように、松田はゆるゆると首を振った。「予想どおりの結果を得るためだけの実験など、退屈です。いまどきは中学校の理科の授業でも、教科書どおりではない、生徒の考える余地を残した楽しい実験を考案し、実施している先生がたくさんいるではないですか。実験で大切なのは独創性と、失敗を恐れないことです。失敗のさきに、思いがけない結果が待っているかもしれないのですから」

本村は反省した。地道にコツコツと、を心がけ、またそれを得意とするあまり、守りの姿勢になりすぎていた。失点がないようにと慎重になるあまり、なにごとも自分で把握でき、手綱《たづな》を取れる範囲でそつなくこなそうと、小さくまとまりすぎていた。

「根気強いのは、あなたのいいところです」

本村の思いを感じ取ったみたいに、松田は言った。「粘り強く、公正さを意識して観察し、実験で得られたデータを分析するのは、科学者の基本であり、もっとも重要な姿勢です。しかし本村さんの場合、実験の取っかかりについては、もっと発想をはっちゃけさせてもいいでしょう」

「はっちゃけ、ですか……」

どちらかといえば生真面目な性格だと自覚している本村は、私に可能だろうか、とややひるんだ。

「はい。はっちゃけた発想で実験を開始し、たとえ途中で失敗しても、それを楽しむぐらいの心構えで突き進めばいいのです」

本村がまだ不安そうな顔をしているのを見て取ったらしい。しかたないな、というように松田は苦笑し、「ほら」とノートパソコンの画面を指した。

「『まずはこのままAHOの実験を進めてみよう』という、根拠を差しあげましょう」

本村はパソコンの画面を覗きこむ。松田が見ていたのは、「ATTED-Ⅱ」というサイトだった。日本人が開発した、シロイヌナズナ遺伝子のデータベースのひとつだ。それぞれの遺伝子がどのような機能を持っているか。遺伝子同士がどのように影響しあって機能を発揮するのか。遺伝子名で検索すると、数値や図式で示される。松田は本村と話しながら、「ATTED-Ⅱ」でAHOを調べていたらしい。画面上には、シロイヌナズナのいくつもの遺伝子の名が、系図か分裂するアメーバのように結びつきあっている図が表示されていた。

もちろん、シロイヌナズナのすべての遺伝子の機能が解明されているわけではない。どんな働きをしているのかまったく不明な遺伝子や、働きの一部は明らかになっているけれど、ほかの遺伝子とどんな関係があるのか、全容はわかっていない遺伝子がたくさんある。

ＡＨＯも、そういう遺伝子だ。これまで、ＡＨＯに主眼を置いた研究は、ほとんどと言っていいほどされていない。だが、ほかの遺伝子について調べた実験で、ＡＨＯがひょっこり顔を出すことはある。ほかの遺伝子が機能するとき、なぜだかよくわからないけれど、ＡＨＯも働いているようだ、といった具合に。

「ＡＴＴＥＤ‐Ⅱ」は諸々の実験データを蓄積しているので、どんな遺伝子が機能するときにＡＨＯが連動しがちなのか、ちゃんと図式化してくれる。

「この図を見ると」

と松田は言った。「葉のサイズ規定に関係がある、とすでに判明している遺伝子が発現するとき、ＡＨＯもなにやら連動していることがわかります」

「たしかに……」

本村は思わず画面に顔を近づけた。系図で言ったら、またいとこかやしゃごぐらいに遠い関係だが、たどっていけばつながっていることはまちがいない。

「じゃあ、AHOはまったく見当ちがいの遺伝子というわけじゃなく、葉っぱのサイズ規定になんらかの影響を及ぼしているかもしれない、ってことなんですね」

「さあ、どうでしょうか」

興奮で鼻息が荒くなった本村を、いなすように松田は笑う。「そこを、あなたが実験を通して突き止めるのです。まだまだわからないことだらけだからこそ、調べるのが楽しい。そうではありませんか？」

本当にそのとおりだ。本村は勇気が湧いてくるのを感じた。せっかく四重変異体らしき株ができているのだから、このままAHOを調べてみよう。たとえ「はずれ」だったとしても、AHOについてなにか少しはわかるかもしれない。

うっかりミスから、目論見《もくろみ》とはちがう四重変異体らしき株を作ってしまったけれど。その子葉を見たときの喜び、「これだ」という確信を、無理に葬り去ることはしたくない。博士論文の提出期限も、研究成果も、いまはどうでもいい。偶然によって生まれた、あのデカパイを調べつくしてみせる。

覚悟をもって決めたことだったら、実験が完全なる失敗に終わったとしても後悔はしないだろう。

「直感をバカにしすぎてはいけないということです」

松田は椅子から立ち、鞄を手にした。「私の言う『直感』は、『神からの突然の啓示』といった類《たぐい》のものではありません。日々、愚直に観察をつづけているからこそ得られる直感なのです。本村さんは、もっと自信を持っていいと思いますよ」

衝立の向こうへ消えた松田に、

「ありがとうございます」

と、本村も立ちあがって頭を下げた。

自分の席についた松田は、さっそく恒例の探し物をしているらしい。衝立の陰で盛大に雑誌の山が崩れる音がした。その音に紛れて、

「『当たり』を引いた気がしますね」

と松田のつぶやきが聞こえた。独り言のようだったので、本村は返事を控えた。でも、うれしさがこみあげ、表情がゆるむのを抑えられなかった。

松田の科学者としての直感もまた、「ＡＨＯは当たりだ」と告げているのだ。遺伝子ＡＨＯは、葉っぱのサイズ規定になんらかの影響を及ぼしている可能性が高い、と。これまでだれも注意を払ってこなかった遺伝子について調べる。未知の領域へと通じる扉が、思いがけない形で本村のまえに現れたのだ。本村は震えるような喜びと興奮を覚えた。大机に置かれたノートパソコンも、本村と連動するように熱を宿していた。

進むべき方向を見定めることができ、気持ちがすっきりした本村は、栽培室でいつものようにシロイヌナズナを観察したり、実験室で次なる段階のための下準備をしたりと、精力的に土曜日を過ごした。

昼には研究室の大机で、持参した弁当を食べる。そのころには川井と加藤も温室から戻ってきていて、本村が松田に事態を報告できたことと、今後の実験方針が固まったことを喜んでくれた。岩間はこの週末は休むつもりのようで、研究室に姿を見せていない。

松田はというと、会話にはあまり参加せず、大机に広げた論文雑誌を読みながらカップうどんをすすっている。本村に的確な助言をしたと知り、川井と加藤が「さすが先生」という視線を注《そそ》いだので、照れくさくなったのかもしれない。行儀の悪いことをしていても、妙に姿勢がよく、箸の上げ下ろしも端正なのがおかしい。「松田先生って殺し屋みたいすよね」と藤丸さんが怯えていたのは、こういうところから来る印象なんだろう。本村は一人でちょっと笑った。

気がかりだったことが解消され、高揚の第一波が過ぎた午後三時ごろ、猛烈な睡魔が本村に襲いかかってきた。眠りの浅い日がずっとつづいていたので、やる気はあれども体力的に限界だったらしい。今日はもう帰ろう。溜まった洗濯物をなんとかして、おかずも作り置きして、また週明けからがんばろう。

そう決めた本村は、眠気でよろつきながら理学部B号館をあとにした。しかし、忘れてはいけない。ケーキの入っていたタッパーを返すべく、律儀に円服亭に立ち寄る。

円服亭はちょうど、ランチとディナーのあいだの休憩時間だった。ドアの取っ手に「準備中」の札《ふだ》が下がっていたので、本村は路地に面した窓から店内を覗いてみた。窓辺に置かれたサボテン越しに、横たわる藤丸が見えた。倒れているのかとぎょっとしたのだが、よくよく見ると、並べた椅子のうえで横になり、寝ているみたいだ。今日は店主不在らしいから、一人でランチタイムを切り盛りして疲れてしまったのだろう。

タッパーはドアの取っ手にでもかけておこうかな。こんなことならもっとちゃんとした袋に入れてくればよかったのに、スーパーのレジ袋だ。せめてメモを添えようと、本村は鞄のなかをかきまわす。すると気配を感じたのか、店内で藤丸がむくりと身を起こした。大きくのびをしながらあたりを見まわした藤丸は、窓の外でごそごそやっている本村に気づき、笑顔になった。

「本村さん！」

とすぐに駆け寄ってきて、店のドアを開けてくれる。「これから大学すか、もう帰るところすか」

「帰るところです。昨日は夜遅くまで、どうもありがとうございました。あのこれ……」

と、本村は皺の寄ったレジ袋に入ったタッパーを差しだした。たぶんこういうとき、おしゃれな紙袋などを使用するのが女子力なんだろうなと思ったが、本村には「おしゃれな紙袋」がどんなものなのか具体的に思い浮かばなかったし、べつに女子力を発揮したくもないからまあいいかと、タッパーを無事返却できた事実にひたすら満足した。

藤丸も細かいことを気にしない性質《たち》なので、

「わざわざすみません。本村さんちで使ってもらってもよかったのに」

とタッパーを受け取った。「なんかタッパーって、気づくと増えてるっすよね。夜中に繁殖してんのかなあ」

無機物は繁殖しません、と本村は思ったが、もちろん訂正はせず、

「ケーキおいしかったです」

と言った。

「あ、そっすか？　よかった」

えへへ、うふふと笑いあう。

「本村さん、なんかすっきりした顔してますね」

「そうでしょうか。眠くてたまらないんですが」

本村は掌で頰をこすり、自身に刺激を与えた。化粧をしていないからこそなせる業だ。

「でもたしかに、先生に失敗を打ち明けられましたし、実験の方針も固まって、気持

ちが軽くなりました。藤丸さんに相談に乗っていただいたおかげです」

「いえ、俺はなにもしてないす。話の邪魔はしたけど」

タッパーの入ったレジ袋を、藤丸は手のなかでしきりに揉みしだいた。

「そんなことないです。松田先生は、藤丸さんと同じことをおっしゃいました。予想どおりの結果を得てもつまらない、って」

本村は尊敬の眼差しで藤丸を見上げる。「なにかを追究しているひとは、分野はちがっても見える景色に通じるものがあるんだなと、改めて思いました」

「いえいえいえ」

がさごそという音が激しくなったので、本村は視線を落とす。藤丸の手にこねられて、レジ袋内のタッパーは飴《あめ》に変わりそうな勢いであった。

「まあ、料理と実験はやっぱり、わりと似てるのかもしれないすね。ええ」

照れと、本村の助けになれたらしいという誇らしさとで、藤丸は顔を紅潮させた。だが、本村はむろん、純情かつナイーブな男心を解さない。なんだかとろんとした顔をしてるけど、藤丸さん眠いのかな、などと見当ちがいなことを考えた。そういえば、休憩中に押しかけてしまったのだった。本村はあわてて、

「じゃあ」

とお辞儀した。「私はこれで失礼します」

「はい。おやすみなさい」

本村の目に、藤丸がちょっとさびしそうに映ったが、気のせいかもしれないと考え直す。もう一度お辞儀し、路地を歩きだした。少しずつ日が長くなり、あたりはまだ午後の光を残している。それでも「おやすみ」を言う藤丸を、なんだかいいなと本村は思った。


三月になり、川井はボルネオに旅立った。

松田は川井の出発直前まで、「生水は飲まないように」とか「くれぐれも象に気をつけて」などと、こまごまとした注意を与えた。それを「はい」「はい」と神妙に聞く川井は、本村に対し、「実験で困ったことがあったら、いつでもメールして。帰国したらすぐに僕も手伝うから、無理しちゃいけないよ」とか「たりない試薬は、気づいた範囲で中岡《なかおか》さんに発注をお願いしておいたけど、念のためもうちょっと注文しておこうか」などと、こまごまと気を配ってくれた。

お母さんがいっぱい、と本村は噴きだしそうだった。岩間はあきれたように、

「大丈夫ですから、もうとっととボルネオ行ってきてくださいよ」

と言った。加藤は拗《す》ねてしまったらしく、

「留守にするにあたって、俺のサボテンについても、なんかアドバイスはないんですか」

と言う。

「加藤くんは放っておいても、どんどんサボテンを増やすから」

ボルネオへの期待と、研究室の面々への心配とで、川井の心は千々に乱れているもようだ。「温室がまた鉢でごった返してきてるけど、僕が帰るまでに片づけておいてほしい。諸岡《もろおか》先生がイモを蒸《ふ》かせるぐらい怒るまえに、よろしく頼むよ」

「それ、全然アドバイスじゃないじゃないですか！」

加藤はますますむくれた。

一悶着ありつつも、ボルネオに無事到着した川井からは、松田のもとにたまに報告のメールが届いているようだ。なにぶん研究活動はジャングルで行われるので、なかなかネットにつなげないらしい。報告は文章主体で、添付画像があっても解像度の低

いものだったけれど、松田はうれしそうにメールを眺めていた。

「現地のみなさんともチームワークよく、ボルネオを満喫しているようですよ」と松田は言った。「めずらしい植物もたくさん観察できているそうなので、帰国して実物や写真を見せてもらうのが楽しみですね」

川井が留守のあいだチャンバーをあけてくれたおかげで、本村の実験は順調に進んでいた。

藤丸命名のデカパイは、二株とも着々と本葉を増やすにつれ、ほかの株と比べて明らかに葉のサイズを大きくしていった。栽培室でそれに気づいたとき、本村は思わず、「よしっ!」と叫んだ。握った拳《こぶし》を脇腹にぐっと引き寄せるポーズつきで。「締めの合図をドラマーに送る、ノリが最高潮に達したロックスター」みたいだ。そんな動作をこれまでしたことがなかったので、本村は自分でも驚き、我に返って一人へどもどした。シロイヌナズナは、すべてを見ていた。

本村はチャンバー内の観察をつづけつつ、デカパイを含めた四重変異体候補をPCRにかける準備も進めた。

まず、候補の株から葉っぱを採り、軽く煮て、上澄みを小型のエッペンチューブに入れる。上澄みは少量でいい。これで、候補の株のDNAを採取できたことになる。

葉っぱの切れ端と水をエッペンチューブに入れ、ペッスルという棒でつついてつぶし、DNAを採取する方法もある。ペッスルはプラスチック製で、サイズはパラソルチョコの柄《え》ぐらいだ。ペッスルで葉をつぶしていると、実験と料理の共通性を本村はつくづく感じるのだった。

ちなみに本村は、ペッスルのかわりに爪楊枝のお尻のほうで葉をつぶすこともある。爪楊枝は、目印としてロックウールに刺したり、実験器具として使ったりと、大活躍を見せる。大量の爪楊枝を消費するのも、料理の現場と生物科学系の研究室の共通点かもしれない。松田研究室の秘書である中岡によると、以前、大学の経理担当者から問い合わせがあったそうだ。購入する爪楊枝の多さに不審を覚えたらしい。頻繁にタコ焼きパーティーをしているわけではなく、実験に使うのだ、と中岡は必死に説明した。「納得してもらうのが大変だった」と中岡は笑っていた。

小型エッペンチューブに入れた葉っぱの上澄みは、マイナス二十度になる実験用冷凍庫で保管しておく。種播きをすべて終え、順次成長していくシロイヌナズナを観察して、デカパイと「本葉が出るのが遅く、なおかつ葉もとがうっすら赤い」株を合わせて四十八個選びだすには、少々時間がかかるからだ。当初の目標どおり、四十八株から葉っぱを採り、上澄みがすべて出そろったらPCRにかける。さきに採取できたぶんの葉っぱの上澄みは、それまで冷凍庫のなかでお休みだ。

PCRは、灰色の卓上旧型プリンターのような形状をした機械である。本村は実験機材のカタログで、赤い色をしたかわいらしいPCRの写真を見たことがあるのだが、理学部B号館で使われているのは、「質実剛健」を体現したかのごとき代物だ。どの研究室も、潤沢とは言えない予算をやりくりして実験を行っているので、いまあるPCRが本格的に壊れないかぎりは、新品を購入するなど夢のまた夢だろう。

PCRの上部には、灰色の蓋《ふた》がついている。蓋を開けると、十二連のPCRチューブがいくつも収まる穴がずらりと並んでいる。葉っぱの上澄みをPCRにかけるときには、小型エッペンチューブからPCRチューブに移し替え、PCRの穴に収めて機械を作動させる。

しかし、単に葉っぱの上澄みだけをPCRにかければいいわけではない。その直前に、酵素《こうそ》とプライマーを少量ずつ混ぜたものを、葉っぱの上澄みに入れる必要がある。最初からすべて混ぜて保管しておけばいい気もするが、酵素は凍らせると活性を失ってしまうのだ。そこで、「葉っぱの上澄みはできた順に凍らせて保管」「酵素とプライマーの溶液はPCRにかけるまえにまとめて作る」と、二つにわけて手順を踏む。

プライマーは、夜の七時までに業者に頼めば、翌日の午前中には早くも研究室に届く。粉末状だったり透明の液体だったりするが、いずれの場合もプラスチック製の小型チューブに入っている。二本一組で二千円ほどだ。使う量が少ないので、エッペンチューブ何十本ぶんもの実験に活用できる。そう考えればお買い得だ。酵素はプライマーよりもさらに高価なので、ピペットマンを使い、無駄が出ないよう効率よくプライマーと混ぜなければならない。

プライマーとは、「DNAのここからここまでを増幅すべし」と指示する目印のようなものだ。調べたい遺伝子に合わせて、実験者が適切なプライマーを選び、業者に発注する。

たとえば本村が調べようとしている、遺伝子「D」。略号はAHO。この変異体「d」は、放射線を当ててみたところ、偶然にも遺伝子「D」のDNA配列の一部がごっそり抜けてしまったものだ。こういう偶然の産物的変異体コレクションはたくさんあって、そのなかから本村は、今回の実験にふさわしそうだなと、四つの変異体

「a」「b」「c」「d」を選びだしたのである。まあ遺伝子「D」に関しては、AHHOを選んだつもりが、取りちがえてAHOを使ってしまっていただけだから、「選んだ」などと胸を張れないが。いまのところ結果オーライだ。

プライマーは、配列に抜けが生じる箇所の前後に、目印をつける役割を果たす。「この範囲を増幅させる」という目印だ。葉っぱのDNAが入った上澄みにプライマーと酵素を混ぜ、PCRにかけると、遺伝子「D」の配列を含んだ箇所のDNAだけが、たくさん増えるわけだ。

もし、遺伝子が変異を起こしておらず、遺伝型が「DD」である場合は、配列に抜けは生じていないので、増幅したDNA断片は長いものになる。一方、遺伝型が「dd」の変異体だった場合、配列に抜けが生じているぶん、増幅したDNA断片は短いものになる。

長いか短いかをどうやって確認するかというと、PCRにかけた溶液を「電気泳《えい》動《どう》」という手法で長さに応じて分け、DNAを染めて視覚化するのである。

電気泳動のための機械は、一見するとプラスチックの弁当箱みたいだ。泳動槽《そう》といって、なかには透明な緩衝液《かんしょうえき》が入っている。ここに、寒天《かんてん》をきれいに精製したゲルを浸《ひた》す。ゲルはこんにゃくのような形状だ。ゲルには、ＰＣＲにかけたＤＮＡを染める色素が入っている。

ＤＮＡを染色するのは、紫外線などの特定の光のもとで、光って見えるようにするためだ。泳動槽のそばには、ポータブル冷蔵庫のようなサイズと外見の箱がある。内部で紫外線を照射する機械だ。泳動槽内でＤＮＡがどんな動きをしているか知りたかったら、ゲルを取りだして冷蔵庫状の機械に入れ、ドアについた小窓を開けて、なかを覗けばいい。ゲルに注入したＤＮＡが、光を放っているのが確認できる。冷蔵庫状の機械には、必要に応じて写真を撮る機能もついている。

泳動槽にゲルをセットしたら、電気を流す。しばらくしてからゲルを取りだし、紫外線を照射してみると、光る横線が浮かびあがる。遺伝型「Ｄｄ」の場合、横線がボーッと二本現れてくる。抜けが生じていない配列（Ｄ）と、抜けが生じた配列（ｄ）、両方持っているよ、ということだ。遺伝型「ＤＤ」の株の場合、浮かぶ横線は一本だ。これは、抜けが生じていない配列のみだよ、と示している。遺伝型「ｄｄ」の場合も、横線は一本だけだが、「ＤＤ」とは浮かぶ位置がちがう。抜けが生じている配列のみだよ、という意味だ。

横線は時間経過とともにどんどん移動していく。ＤＮＡの配列が長いものほど、移動する速度が遅い。そのため、ある程度の時間が経ってから、光る横線の位置を見比べることによって、「これはＤＤだな」「こっちはｄｄだ」と、より明確に判断がつく。

もちろん、遺伝子「Ｄ」だけでなく、遺伝子「Ａ」「Ｂ」「Ｃ」についても、遺伝型が「ａａ」「ｂｂ」「ｃｃ」になっているか確認しなければ、その株が四重変異体だと確定できない。

そこで、調べたい遺伝子ごとに異なるプライマーを使いわける。本村は、「本葉が出るのが遅く、なおかつ葉もとがうっすら赤い」株を、見た目から遺伝型「ａａｃｃ」の二重ホモだと判断した。見た目ではほかに、デカパイもあやしい。この二つのうちのどちらかが四重変異体なのでは、とにらんでいる。よって、デカパイを含めて四十八株選び、それぞれの株から葉っぱを採って、ＰＣＲにかける算段だ。

そうすると、たとえばデカパイ一株につき、「遺伝子Ａ用のプライマーと酵素を混ぜたもの」、同じく「遺伝子Ｂ用」「遺伝子Ｃ用」「遺伝子Ｄ用」と、四通りの溶液を作り、葉っぱの上澄みに投入してＰＣＲにかけたのち、電気泳動することになる。それを四十八株ぶん行うので、全部で百九十二個の「上澄み＆プライマー＆酵素」溶液を作り、実験するわけだ。

　以前の本村だったら白目を剝《む》いて気を遠のかせているところだが、遺伝子取りちがえという窮地からよみがえった、いまの本村はひと味ちがう。百人組手に挑む勇猛な空手家のように気合い充分。「どっからでもかかってこーい！」とばかりに、目を爛々《らんらん》と輝かせて候補の株を選別し、葉を摘んでは煮だして、上澄みを着々と冷凍庫に収納していった。

　葉っぱを取りちがえないよう、本村は以前にも増して慎重に確認し、小型エッペンチューブにしっかりとラベリングすることを心がけた。いくら「結果が予測できない実験こそ楽しい」とはいえ、今度ポカミスをしてしまったら、もう私こそが実験用冷凍庫に入って、マイナス二十度でかちんこちんになったほうがいい。

　そういう覚悟であると述べたら、

「やめてよ」

　と岩間に却下された。「本村さんはたしかに小柄だけど、冷凍庫に入ったら、さすがに満杯になっちゃうでしょ。私も試料を保管したいから」

「そのときは凍った私を取りだして、床に叩きつけて粉々にしてください」

「やだよ！　ちらばった肉片が解凍されてくじゃない。それをどうすんの」

「加藤くんに掃除してもらってください」

「やですよ！」

と加藤も叫んだ。「なんでそんなおっかない話になってるんですか」

岩間と加藤は実験テーブルに向かって並び立ち、ペッスルでしこしことシロイヌナズナの葉をつぶしている。本村の実験を手伝ってくれているのだ。プライマーと酵素を混ぜたり、その溶液を葉っぱの上澄みに入れたりする作業は、まちがえると実験の正確性に直結するので、ＰＣＲにかける直前に本村自身の手で行うつもりだ。それ以前の単純作業の段階を、岩間と加藤は手のあいたときに分担していた。川井がボルネオに行くまえに、「本村さんの実験を頼むよ」と二人に言い置いていったらしい。

「『くれぐれも嫡男を頼む』っていう、戦国武将の遺言みたいだったわよ」

とは、岩間の弁だ。

本村としては、松田と奥野《おくの》の件を知っていたので、「遺言」という冗談には乗れない気持ちだったが、川井の心づかいも、川井の言葉どおりに行動してくれる岩間と加藤の優しさもありがたい。遠慮なく実験を手伝ってもらうことにしたのだった。

四重変異体が本当にできていると証明できたら、その株を増やし、次なる実験を行わなければならない。遺伝子「A」「B」「C」「D」がそれぞれ、具体的にはどんな影響を葉っぱの制御システムに与えているのか。また、本来調べるつもりだったAHOを含んだ四重変異体も作ってみる必要があるだろう。

そのためにも、まずはAHO入りの四重変異体の株から採った種がいる。種を播いて四重変異体の株を増やし、交配したり実験に使ったりするからだ。

しかし現在のところ、候補の株は育ちつつあるが、本当に四重変異体ができているのか、候補のうちのどれが四重変異体なのかは、未確定のままだ。念のため、PCRにかける予定の四十八株すべてから種を採り、保存しておくことになる。

最初のころに種播きをしたシロイヌナズナが、順調に成長して、ちょうど種をつけだした。二株のデカパイも無事に種を実らせている。さすがにチャンバーを突き破るほどとはいかなかったが、通常よりも断然大きな葉っぱをたくさん繁らせ、極めて元気だ。

デカパイ一号二号と「本葉が出るのが遅く、なおかつ葉もとがうっすら赤い」株から、本村は種を採った。これらの株からはすでに葉っぱも採り、上澄みを実験用冷凍庫に入れてある。

どうかこのなかに、四重変異体がありますように。そう祈りながら、採った種をエッペンチューブに入れ、何度も確認してからラベリングする。シロイヌナズナは、ひとつの実に三十粒ほど種が入っている。大量の種があっても使いきれないのに、本村はついつい、「この実もむちむちしてていいかも」などと目移りし、結局、一株あたり数百粒の種を採ってしまった。期待の大きさの表れである。

川井のチャンバーに入れさせてもらったシロイヌナズナも、すくすくと育っている。そのなかにデカパイ三号を発見した。やはり子葉の段階から、明らかに葉のサイズが大きい。胚軸にびっしりと生えた毛も健在だ。「本葉が出るのが遅く、なおかつ葉もとがうっすら赤い」株も、だいたい想定どおりの割合で出現している。四重変異体候補となるこれらの株から葉を切り取り、本村は上澄みを作っていった。

葉っぱを採るのは、種を播いてから十日ほど経てば可能だ。だが、種を採れるようになるまで株が育つには、種播きから二カ月ほどはかかる。現在のところ、自身のチャンバーで四百八十株を育て、候補の株から種採りができる段階に至った。川井のチャンバーでは、三百二十株が育ちつつある。こちらは、川井がボルネオから帰るころには種採りに着手できるはずだ。

用意した千二百粒の種のうち、まだ播けていない種は四百粒。本村のチャンバーは第一陣の種採りを終えたため、スペースにあきが生まれた。ここに、残りの四百株ぶんの種を播き、また観察しながら育てなければならない。種を採れるようになるのは、どう考えても五月ぐらいになるだろう。

さきは長い。本村は栽培室でカーディガンの袖をまくり、最後の種播きに取りかかった。湿らせた爪楊枝に種をくっつけ、並べたロックウールにせっせと載せていく。

栽培室のドアが控えめにノックされた。本村は、「はい」と応えつつ、ロックウールから視線をはずさなかった。なにしろ、シロイヌナズナの種は砂のように極小だ。不用意に目を離すと、どのロックウールまで播いたかわからなくなってしまう。

ところが、ドアはなかなか開かなかった。栽培室に出入りする院生だったら、そもそもノックなどせずにいきなり入室してくるはずだし、空耳だったのだろうか。本村は種を播く手を止め、「ここまで播いた」と爪楊枝を墓標のようにロックウールに刺した。

「はい、どうぞ」

最前よりも声を大きくすると、やっとドアが開き、藤丸が顔を出した。

「作業中にすみません」

と藤丸は遠慮がちに言った。「お昼を届けて、帰るところなんすけど、岩間さんに言われて声をかけにきました。みなさん、もう食べはじめてます」

そうだった、今日は円服亭のデリバリーの日だった。本村は腕時計を見て、とっくに昼休みの時間になっていたことを知った。

「ありがとうございます、すぐ行きます」

区切りがいいように、トレイ一枚ぶんは終わらせてしまおう。本村は刺しておいた爪楊枝をつまみ、機械のような正確さでロックウールへの種播きを再開した。

「また種を播いてるんすか」

藤丸は感心とあきれが相半ばした口調だ。栽培室に入ってくると、本村の手もとを覗きこんだ。鼻息で種を飛ばしてはいけないと思ったのか、呼吸を一時中断しているもようだ。

「まだ全体の三分の二しか播けていないので」

「ひょえ」

藤丸は息を止めながら驚くという器用な芸当を見せた。

「あの、ふつうにしてくださってて大丈夫ですよ」

と、本村は爪楊枝を動かしながらアドバイスした。「そういえば、藤丸さんにお願いがあるんです」

「はい、なんすか？」

「夏に合同セミナーをすることになっていて、私が幹事の一人なのですが」

「セミナーというと」

藤丸はいぶかしそうに、掌で中空にカーブを描いた。横目で藤丸の動きを見ていた本村は、「なんの形だろう」と首をかしげる。

「参加者の眠れる力を呼び起こし、ついでに開運の壺を売ったりするようなやつっすか」

それで本村は、藤丸が中空に壺を描いていたらしいと察した。

セミナーや学会の際は、規模によっては研究者や院生が全国各地から、ときには世界中から集まるので、大人数が入れる会議場や、ホテルなどの宿泊先を手配しなければならないこともある。そういうとき、あやしげな自己啓発の会か宗教関係の催しなのかと勘違いされるケースは、「研究者あるある」だ。だから本村も、「ちがいます」と冷静に否定した。

「各自の研究を発表し、参加者に説明する会です。週に一度、松田研究室でもセミナーを開いています」

「ああ、以前に俺が、おイモの先生に蹴飛ばされたときの」

藤丸はうなずいた。「みなさん、英語でなにかしゃべってましたね」

「そうです。あれの、規模が大きくなったものが合同セミナーです。夏の恒例行事になっていて、協力関係にある大学と研究所から、研究者や院生が集まって発表をするんです。今年はここ、T大理学部B号館が会場に決まりました」

「B号館の、どこでやるんすか？　研究室や栽培室じゃあ、ひとが入りきらないですよね」

藤丸は怪訝そうだ。

「はい。なので、四階の講堂を押さえました」

「へええ、講堂があるんすか」

そういえば、四階には行ったことなかったな。藤丸は独り言のようにつぶやいた。

「合同セミナーは二日間開かれるのですが、二日ぶんのお昼のお弁当と、二日目の夕方からB号館で行う打ち上げのお料理を、お願いできないでしょうか」

「注文はありがたいすけど、それは俺だけでは決められないです」

藤丸は、今度はうれしさと困惑が相半ばする表情になった。「返事は大将と相談してからでいいすか？」

「もちろんです」

本村は、七月下旬の開催日と、食事にかけられる予算、いまのところ五十名ほどが参加予定であることを伝えた。藤丸は口のなかでぶつぶつ復唱し、必要事項を頭に叩きこんでいる。

「二日とも午前中から夕方まで、びっしり発表のスケジュールが組まれるんです。発表が押すかもしれないし、お昼の休憩時間をたっぷりとは取れなくて、外へ食べにいくには気ぜわしいので」

「じゃあ、弁当はぱぱっと食えて、でも気分転換になるようなうまさで、カロリーもそれなりに摂取できるもんがいいすね」

円服亭店主に相談してみると言いながらも、藤丸は早くも腕が鳴っているらしい。

「一日じゅう勉強するんじゃ、相当腹がへるだろうから。ま、俺は腹がへるほど勉強したことないんで、推測で言ってますけど」

「おなかはへります。激しくへります」

本村は実感をこめて言った。「二日間が終わるころには、発表するひとも聞くひともふらふらです。食べるのだけが楽しみだから、ぜひ円服亭さんにお願いしたくて」

「わかりました」

藤丸は誇らしそうにうなずいた。「そういうことなら、大将に『うん』と言ってもらえるように、うまく話してみます。とりあえず本村さんは、早く昼飯を食べてください。オムライスが冷めちゃうすよ」

本村は種を播き終えたトレイにアルミホイルをかぶせ、冷蔵庫にしまう。藤丸は黙って見ていたが、「やっぱ料理に似てるなあ」と思っているらしいことは、なんとなく伝わってきた。本村は微笑み、藤丸とともに栽培室を出た。

「大将と話がついたら、電話で報告するっす」

藤丸はそう言って、意気込みにあふれた様子でB号館の階段を下りていく。おいしい弁当を手配できれば、合同セミナーの幹事として、本村は職責のかなりの部分を果たせたことになる。円服亭の料理ならば、参加者にきっと満足してもらえるはずだ。ご店主の了承を得られますように。藤丸の背中に無言のエールを送ったのち、本村はオムライスの待つ松田研究室に戻った。

桜の花びらが舞っている。

ふだんは重厚さを湛《たた》えたT大理学部B号館の建物も、四月に入ってどことなく活気づいている感があった。T大大学院に、今年もまた新しく院生が入ってきたからだろう。各研究室では、ささやかな歓迎の宴が夜な夜な開催されている。

院生の新規獲得を果たせなかった松田研究室では、いつもどおりの日常がつづいていた。少しの変化はといえば、松田がごくたまに色のついたシャツを着るようになったことだ。自身から醸しだされる、陰鬱《いんうつ》だと受け取られがちな雰囲気をなんとかしようと思ったらしいが、色つきといっても例のアロハシャツなので、やはり堅気《かたぎ》には見えない。結局、事態はあまり好転していなかった。

喜ばしいこともあった。川井が無事にボルネオから帰ってきたのである。ずっと気を揉んでいた松田は、川井が帰還した日ばかりは、さすがに放つ雰囲気が若干明るくなったほどだった。白シャツと黒ズボンを身につけていたにもかかわらず、だ。

研究室の兄貴分である川井が帰ってきてくれたのは、本村たちにとってもちろんうれしいことだ。花のまわりを飛ぶ蜂《はち》のように、川井にまとわりつき、ボルネオの土産話をねだった。川井はジャングルで撮っためずらしい植物の写真をたくさん見せてくれた。日本ではお目にかかれないほど大きな木。そうかと思えば、掌に載るようなサイズの腐生《ふせい》植物の数々。鬱蒼とした森のなかは多様な生命であふれていた。

「現地ガイドの青年がすごくてね」

と川井は言った。「ジョナさんていうんだけど」

「カモメの?」

と加藤が聞く。

「いや、『さん』は敬称。ジョナさんは地図もコンパスもなしで、ジャングルのなかをどんどん案内してくれるんだよ。植物にも詳しくて、食べられるキノコを教えてくれる。クチベニタケの仲間らしいキノコは、幼菌《ようきん》の段階では生で食べるっていうんだ」

「食べたんですか?」

と岩間は驚いたようだ。食用に適しているキノコでも、加熱しないと食中毒を起こすものがときどきある。そもそも詳しい人間であっても、食べられるキノコと毒のあるキノコを見分けるのは難しい。しかも、極めて毒性の強いものもあるから、ジャングルのなかでキノコにあたったらまず助からないだろう。

だが川井は、「勧められたから」と平然とうなずく。

「カマンベールチーズの皮みたいな味と食感だったよ」

ジョナさんは大学などで体系的に植物学を学んだわけではないが、幼いころからジャングルに親しんで暮らしてきたため、生活に密着した植物の知識と観察眼が半端ないのだそうだ。

「僕たちが観察したり採集したりしている姿を見て、勘のいい彼は、どんな植物を調べたいのかすぐに察してくれるんだ。『これなんてめずらしい形じゃないか』と彼が指した腐生植物を見たら、本当に新種っぽかった」

「えええっ」

本村たちは驚いた。腐生植物は、花が咲く時期以外は目立たないので、見過ごされているものも多い。そのため、すべてを調べつくしたとは言えない状況なのはたしかだが、かといって、やたらめったら「これ」と指して新種に当たるというものでもない。

「センスのいいひとはいるんだなと、つくづく感心したよ。その腐生植物は許可を取って、標本を持ち帰ってきた。これから詳細に調べるけど、新種だったら、どんな名前をつけたいかジョナさんの意見も聞いてみる」

昆虫や植物の新種に名をつける場合、命名権は、それが新種だと証明し報告するひとにある。昆虫の世界では、新種に命名者の名前をつけることも多いが、植物の世界では、それはしない。新種の発見者と命名者がちがうときにかぎって、発見者の名にちなんだ新種名にすることはある。「俺たちは奥ゆかしいから」「なにをぅ」などと、植物専攻の院生と昆虫専攻の院生がたまにじゃれあっているのを本村も目にするけれど、単に慣習のちがいだ。

今回の場合、発見者と命名者がべつなので、ジョナさんが見つけた腐生植物は、ジョナさんにちなんだ名前をまとい、地球に生きる生命の歴史に刻まれることになるかもしれない。

藤丸さんみたいなひとは、世界のあちこちにいるんだな、と本村は思った。専門家として研鑽を積んでいなくても、植物と植物学に興味を抱き、好奇心をもって植物に接するひと。植物や昆虫は身近な存在だからこそ、愛するひとも多い。愛好家の日々の観察から、思いがけない発見がもたらされることだってある。

研究は、研究者のためだけにあるのではない。植物を愛するひとたちに、最新の知見をわかりやすく届け、還元していく。研究者と愛好家が互いに手を取りあって、植物を愛するひとを増やし、植物の多様性を維持することがいかに大切かを伝えていく。それも研究者の重要な役目だ。

ジョナさんに勧められたら、藤丸さんもきっと嬉々としてキノコを食べるはずだ、と本村は思った。そして新しい料理のレシピを考案するのだろう。

植物を介することで、朗らかな心を持つひとの存在が浮かびあがってくる。ボルネオと日本は遠く離れているけれど、かれらはそれぞれのやりかたで植物と親しみ、植物を愛している。いや、たとえ植物の少ない厳しい土地であっても、ひとは水辺に生える緑のもとに憩《いこ》い、あるいは短い春にいっせいに芽吹く緑を愛おしむ。

そういう人々の心が発するほのかな光が、地球上を結び、覆っていくさまを、本村は夢想せずにはいられなかった。

川井がボルネオからの持ちだしを許可されたもののなかには、腐生植物の標本のほかに、モノフィレアの株もあった。B大のブランさんが、育てているモノフィレアをわけてくれたのだ。土がついていると検疫を通らないので、根っこは必要最小限まで切りつめられ、葉っぱも傷《いた》んだ先端部を切り取られた状態だったが、なんとか元気に到着した。

現在は、「緑の指」を持つ加藤が温室で育ててくれている。せっかくのモノフィレアを枯らしてしまったら、と本村が危惧したのを見て取って、「鉢にちゃんと根づくまでは、俺が責任持って面倒見ますよ」と加藤が手を挙げたのである。

一株に一枚しかつかないモノフィレアの葉は、本村の顔よりも大きい。シロイヌナズナの四重変異体が無事にできているのが確認されたら、いずれは、モノフィレアの遺伝子についても調べてみようと、本村は楽しみにしている。どの遺伝子に変更が生じると、葉っぱのサイズに制御が働かなくなるのか、シロイヌナズナとモノフィレアを比べることによって、より明らかになるかもしれない。

本村は加藤の協力を得て、ハバネロの栽培にも着手した。こちらは研究とは関係のない、完全な趣味だ。温室にプランターを運び入れ、松田から譲り受けた種を播いた。

順調に行けば、夏には実を収穫できるはずだ。

こういう感じで、松田研究室は代わり映えしないメンツながら、けれど平穏に、新しい年度を迎えたのだった。

本村たちは、B号館のあちこちの研究室で開かれる歓迎会にもぐりこみ、新入りの院生と親睦を深めている。お隣の諸岡研究室には、三名の修士課程一年生が入ってきた。「やはりシロイヌナズナとちがって、イモは食べることができますからね」と、松田はうらやましそうである。諸岡研究室の歓迎会は、芋焼酎を酌《く》み交わしつつ、諸岡お手製の干し芋を食べ比べて品種名を当てるという、イモづくしの宴だ。繊細な舌を持ちあわせぬ本村は、酔いのせいもあってひとつも正答できなかった。

川井からボルネオのイモの写真を見せてもらい、諸岡はご機嫌な様子だ。諸岡の依頼を本村が伝言し、川井はボルネオの市場に並んだイモや、ジャングルへ行く途中にあった村のイモ畑を、たくさん写真に収めてきた。諸岡はパソコン上に次々と表示されるイモ画像を眺め、喜びのためか芋焼酎のためか頬をほてらせていた。

にぎやかな研究室の窓を開け、春の夜風に吹かれる。暗がりのなかでも、桜は黙々と散りつづけている。そういえば桜に関しては、「花が枯れる」という言葉を使わないな、と本村は思う。薄く瑞々しく張りつめたまま散る花びらが、無数の蛍《ほたる》のように闇に軌跡を描いていた。

歓迎会ラッシュも一段落し、本村はいよいよPCRと電気泳動に取りかかることになった。候補となる四十八株が出そろい、そのすべての株から採った葉っぱの上澄みを作り終えたのだ。

デカパイの特徴を持つ株は、最終的に千二百株のうち四株しか出現しなかった。PCRにかける四十八株の内訳は、デカパイ四株、「本葉が出るのが遅く、なおかつ葉もとがうっすら赤い」株が四十四株ということになる。

本村は慎重に、PCRにかける際に必要なプライマーを選定した。誤ったプライマーを使い、DNAの見当ちがいな箇所ばかりどんどん増やしてしまったら悲劇だからだ。

遺伝子取りちがえの衝撃以来、自身の注意力と集中力にすっかり懐疑的になった本村は、やたらと確認を重ねる癖がついた。シロイヌナズナの種をエッペンチューブに保管するときも、しつこく確認したのちにラベルを貼っている。シールの粘着力のみでは飽きたらず、さらにセロハンテープで補強もする。本村の視線の圧に負けた種が、「お手あげ」がわりに発芽《はつが》してしまいそうなほど、生来の堅実さにますます磨きがかかったと言えよう。

研究室でパソコン画面をにらみ、プライマーの選定に励む本村のかたわらで、松田が床に積まれた資料の山に盛大に蹴つまずいた。書類のファイルや論文雑誌がなだれを起こし、

「先生！　いいかげん整理整頓してください」

と岩間に叱られている。「衝立からこっちに、どんどん紙類が侵食してきてるじゃないですか」

松田は「すみません」と素直に謝りつつも、心ここにあらずといった様子で、適当に資料を積み直している。角をそろえて積まないので、崩壊寸前のジェンガみたいだ。きっとまた、新しい研究のことで頭がいっぱいなのだろう。

本村は岩間とともに資料を積むのを手伝いつつ、なんでも堅実にやればいいというわけでもなかったな、と思い直した。松田先生は、バケツがあれば水をあふれさせる、資料があれば山を築く、というひとだけど、実験はいつも正確だし、研究はひらめき

ときらめきに満ちているもの。

もう十二分に確認したのだから、と自分に言い聞かせ、本村は「えいやっ」とプライマーの注文ボタンをクリックした。これから実験がいよいよ最終段階に入り、交配したシロイヌナズナが四重変異体になっているかどうかが判明するのだと思うと、どうしても身震いを止められなかった。

翌日、さっそくプライマーが研究室に届いた。それを使って、本村はまず、葉っぱの上澄みに混ぜる溶液づくりに着手した。

葉っぱの上澄みをPCRにかけるのは、シロイヌナズナのDNAを増幅するためだ。しかし、無から有は生まれない。そんな事象が起きたら、科学から魔法学へと看板を掛けかえねばならないだろう。DNAを増幅させるには、当然ながら、DNAの原料となるものが必要である。それが、葉っぱの上澄みに混ぜる溶液だ。

溶液の中身は、DNAの材料になる化合物とプライマーと酵素、そして反応を助ける緩衝液《バッファー》だ。それぞれ必要な分量を、ピペットマンなどを使ってエッペンチューブに入れ、混ぜあわせる。ただ振っただけではうまく混ざらないので、「ボルテックス」という機械を使う。

ボルテックスは、実験テーブルの隅っこに置いてある小さな機械だ。電動エンピツ削りほどのサイズで、プラスチックの台座のうえに、ゴム製の黒いプロペラのようなものがくっついている。しかし、このプロペラはまわらない。エッペンチューブを押し当てると、ぶぶぶぶと激しく震えるのみだ。振動によって、エッペンチューブの中身を攪拌《かくはん》する。なんと、ボルテックスはそのためだけに存在する機械なのである。

ニッチな実験機材を開発するなあと、本村はボルテックスを使うたびに感心する。たまに、エッペンチューブではなく指を直接押し当て、ぶぶぶぶとボルテックスの震えを味わって心をなごませる。押されると、律儀に震える。単純明快なだけに、ボルテックスにはなんだかけなげな風情があるのだった。

しかし、ボルテックスは闇雲かつ激烈に震えるため、溶液の一部が水滴となって弾《はじ》き飛ばされ、エッペンチューブの内側の壁に付着してしまう。酵素やプライマーなど、高価なものを混ぜあわせて作った溶液なので、水滴一粒だって無駄にはしたくない。側壁についた水滴も、できればエッペンチューブの底にすべて落としたい。

驚くべきことにと言おうか、業者の実験機材開発にかける情熱を思えば当然と言おうか、水滴を落とすときに使う機械も存在する。卓上小型遠心分離機「チビタン」だ。

チビタンは液体式の蚊取り器みたいな形をしている。加藤は、「『スター・ウォーズ』のR2-D2に似てますよねえ」といつも言う。ドーム状の蓋を開けると、穴がいくつかあいた台座がある。その穴にエッペンチューブを入れ、蓋を閉めてスイッチを押すと、ぶんぶんと台座が高速回転し、側壁についた水滴を振り落としてくれる。

実験機材ってつくづくニッチだ。無心に回転するチビタンを眺め、本村は思う。しかし、便利なのはまちがいない。チビタンは院生たちに愛されているので、「チビタン」という愛称なのかなと、当初本村は納得していた。ところが、あるときよく見たら、機体に「CHIBITAN」と書いてあった。チビタンはれっきとした商品名だったのだ。かわいいなと思い、本村はそれ以来、ますますチビタンを好きになった。

ボルテックスとチビタンの活躍によって、無事に溶液ができあがった。ピペットマンで、十二連のPCRチューブに小分けしておく。調べたい遺伝子は「A」「B」「C」「D」と四つあるので、プライマーをそれぞれ使いわけている。当然、溶液も四種類作ったから、ごちゃまぜにならないよう、PCRチューブにきちんとラベリングしておく。

さて次は、PCRチューブに小分けした溶液に、葉っぱの上澄みを混ぜる段だ。本村は、冷凍庫で保管していた上澄み入りの小型エッペンチューブを取りだした。少量の液体なので、凍っていてもすぐに溶ける。ただ、エッペンチューブの内側の壁に、これまたごく微量の水滴が残ってしまうので、チビタンにご登場を願った。

小型エッペンチューブの底に集結した葉っぱの上澄みを、ピペットマンを使って、PCRチューブの溶液に入れていく。

これでPCRの準備はばっちりだ。四十八株ぶんをそれぞれ四通りずつ、合計百九十二個の葉っぱの上澄み溶液が勢ぞろいした。だが、B号館にあるPCRには、チューブの入る穴が九十六個しかない。そこで、二回に分けてPCRにかけることになる。

まずは第一陣として、十二連のチューブを八つ、旧式の卓上プリンターみたいな機械に収める。「ぶおおおお」とかなり大きな音を立て、PCRの機械が動きだした。「がんばって」と、思わず声をかけたくなるような切実なる騒音で、本村はPCRの機械を使うときはいつも、「このまま『ぷしゅーっ』と壊れてしまうんじゃないかしら」とはらはらする。

DNAの増幅が完了するまで、二、三時間はかかる。そのあいだ、「ぶおおおお」はつづくわけだが、できあがりをぼんやり待っていればいいというものではない。

次の段階である電気泳動。これに使うゲルを作っておかなければならない。本村は、ゲルの素《もと》となる「アガロース」と緩衝液を三角フラスコに入れ、レンジでチンした。アガロースとは、簡単に言えば寒天の粉だが、ものすごく精製されている。そのため、「重さあたりで考えれば、ダイヤモンドよりも価格が高い」と言われるほどだ。本村はアガロースを扱うたびに、「急なくしゃみに見舞われ、粉をぶちまけてしまったらどうしよう」と不安になる。

幸いにもくしゃみはせずに済み、レンジで加熱したアガロースはどろどろの液体になった。実験室には冷凍庫も冷蔵庫もレンジもあるのに、食べ物を作ることはもちろん、そもそも飲食物の持ちこみ自体が厳禁だ。異物が混入して、実験がだいなしになってはまずいし、なによりも、実験室にある人体に有害な物質を、まちがって食べてしまったら一大事だからだ。

藤丸さんだったら、この実験室の装備を使って、おいしいゼリーを作れるんだろうなあ。私の料理があんまり上達しないのは、もっぱらシロイヌナズナを切ったりつぶしたりするばかりで、食材を扱う経験が不足しているからだろうか。

そんなことを考えながら、レンジから三角フラスコを取りだした。本村は猫舌ならぬ「猫手」なので、布巾を使ってフラスコの首のあたりをつかむ。

アガロースが熱いうちに、専用の型枠に流しこみ、DNA染色液を少量垂らして、ピペットマンの先端部でささっと混ぜた。冷えて固まればゲルの完成と相成るわけだが、そのまえにすることがある。

型枠に、櫛《くし》のような柵《さく》をはめこむのだ。櫛の歯によって、ゲルの端に小さな穴をいくつも作るためだ。あとでその穴に、PCRにかけた葉っぱの上澄み溶液を注入することになる。

ゲルが固まったら、柵を抜く。柵を抜くまえに、緩衝液を注いでおくのがポイントだ。こうすれば、緩衝液が邪魔になり、「ゲルがぴったりくっついて、せっかくできた穴をふさいでしまう」という事態を避けられる。

午後になって、PCRの機械が「ぶおお……お……」と作動をやめた。PCRチューブを取りだす。見た目には特に変化はないが、このなかでシロイヌナズナのDNAが増幅しているはずである。

作っておいたゲルを型枠ごと、緩衝液で満たされた泳動槽に入れる。次の手順として、液体に沈んだゲルの穴のなかに、DNAが増幅された溶液を注入しなければならない。とはいえ、たとえばプールの水中に並んだ小さな穴に、プールサイドから出汁《だし》を注げと言われても、うまくはいかないものだ。

この場合の解決策として、出汁、もとい、溶液の比重をぐっと重くし、緩衝液に没したゲルの穴に注入しやすくする方法が考えられる。

本村は、ＰＣＲチューブからピペットマンで溶液を吸いあげ、パラフィルムのうえに直径二ミリほどの小さな水滴を並べていった。

パラフィルムとは、パラフィン（石蠟《せきろう》）でできた半透明の薄い包帯みたいなものだ。ぎゅうひのようにのびるので、容器の蓋にぐるぐる巻いて密閉性を高めたり、接ぎ木《つぎき》の際に枝に巻いて固定したり、といった用途で使われることが多い。水分をよく弾《はじ》くから、実験時の使い捨ての敷紙がわりとしても本村は活用している。

パラフィルム上に並んだ、ころんとした水滴に、青い色素と、比重を重くするためのローディングバッファーという液をピペットマンで垂らす。相手は小指のさきほどもない水滴なので、細かい作業だ。ピペットマンからすこすこと水滴を出し入れすることで、ＰＣＲにかけた葉っぱの上澄み溶液とローディングバッファーをうまく混ぜあわせる。混ざったら、ピペットマンで泳動槽のなかのゲルの穴に注入する。ごく少量の水滴といえど、あせって注入すると穴からあふれてしまうので、集中力と不動心がいる。

実験はどの段階においても、精神の修行めいたところがある。まえに、岩間が実験室でゲルに溶液を注入していたとき、火災報知器が鳴り響いたことがあった。ちょうど、実験テーブルでシロイヌナズナの葉っぱの切片《せっぺん》を作っていた本村は、大音量に驚いて廊下へ様子を見にいった。加藤や川井も、「なんだなんだ」と研究室から出てきた。

結局、そのときは報知器の誤作動だったのだが、本村が安堵して実験室に戻ると、岩間は真剣な顔つきでゲルに溶液を注入しつづけていた。

「え、報知器が鳴ったの？」

と岩間は言った。恐るべき集中力だ。本当に火事が起きたら、このひとはゲルごと炎に巻かれてしまうのではないかと、本村は心配になった。

岩間と同様、報知器が鳴っても微動だにせず実験や観察をつづけた院生は、B号館にかなりの数存在したようだ。憂慮した大学側からお達しがあったらしく、後日、松田が、

「火災報知器が鳴ったら、まずは火元を確認し、消防に連絡。大声で周囲に助けを求めつつ、初期消火に努めてください」

と研究室の面々に重々しく告げた。「我々の手には負えないほど炎が上がってしまったら、やむをえません。育てている鉢植えなどを運びだすのは潔く諦め、みんなに避難を呼びかけながら屋外退避すること」

先生、いざとなったら人命より植物を優先しかねないな、と疑わせる口ぶりであった。

「まあ、松田さんも自分の机から一歩も動かず、うんうんうなりながら論文書いてたんだけどね」

と、あとで川井はあきれたように言った。たぶん松田も、あの大きな音にまったく気づいていなかったのだろう。

さて、泳動槽に入れたゲルを電気泳動する時間は、三、四十分ほどだ。ゲルの幅には限りがあるので、すべてのPCRチューブの中身を一気には調べられない。本村はひとまず、デカパイ一号の溶液と、「本葉が出るのが遅く、なおかつ葉もとがうっすら赤い」株一号の溶液を選んだ。「遺伝子A」「B」「C」「D」用に異なるプライマーを使いわけているので、それぞれ四通り、計八種類の溶液がある。

その八種類を、比重を重くしたのち、ピペットマンで慎重にゲルに注入した。四重変異体ができているかどうか、これで本当に判明する。泳動が終わるのを待つあいだの四十分が、とてつもなく長く感じられた。真実がわかってしまうのだと思うと、なんだかこわいような気がして、心拍数が上がってくる。

次のゲルを作ったりしつつ、時間を見はからっていた本村は、「もうそろそろいいかな」と泳動槽を覗いた。注入した溶液を青い色素で色づけしておいたおかげで、ゲル内のどこまで移動したかが見て取れる。「よさそうだ」と判断し、本村は薄手の手袋をはめた。洗剤で手が荒れがちなひとなどが、台所での水仕事の際に使用するような、半透明の使い捨て手袋だ。ゲルに触れるときは、この手袋を着用することになっている。

泳動槽からそっとゲルを持ちあげ、型枠をはずす。こんにゃくのような形状と感触。ちょっと楽しくなって、ぷるんぷるんと軽く揺すってみる。

「今夜はおでんすか？」

と声をかけられ、本村は大切なゲルを取り落としそうになった。びっくりして振り返ると、実験室のドア口に藤丸が立っている。

「合同セミナーのお弁当のメニューを思いついたんです。入ってもいいすか？」

「はい、どうぞ」

と本村は答えた。正直に言うと、弁当のメニューを相談している局面ではなかったが、いたしかたない。本村から依頼を受けた藤丸は、すぐに円服亭店主の了承を取りつけ、以来、弁当や打ち上げの料理について、あれこれ考えてくれている。合同セミナーはまだ三カ月以上さきなのにもかかわらず、「アレルギーや、宗教上の理由で食べられないものがあったら、対応するので教えてほしいって大将が言ってます」とか、「弁当は、一日目を和風、二日目を洋風にしようと思うんすけど」とか、とても熱心に。

手間がかかるわりに実入りがいいとは言えないはずの仕事を、藤丸も円谷も快く引き受けてくれた。その親切心を思うと、本村としても藤丸を無下《むげ》にはできないのだった。

実験室に入ってきた藤丸は、本村のかたわらに立ち、興味深そうにゲルを覗きこむ。

「こんにゃくじゃないですよ」

本村は冗談めかして言ったつもりだったのだが、

「そうすよね」

と藤丸は真剣にうなずいた。「とっくに桜も散ったのに、おでんはどうかなあと思ったんすよ」

気候の問題ではなく、実験室でこんにゃくを作るはずがない、とは思わないのだろうか。本村は藤丸を横目でうかがう。藤丸はしきりに首をかしげていた。

「これ、寒天ですよね。どうして手袋をしてるんすか?」

本村は、単なる寒天ではなくアガロースだ、と伝えるべきかどうか考え、やめにした。細かい説明をしている暇がない。早くゲルに紫外線を当て、DNAの移動速度を確認しなければならないからだ。

「DNAを染める液を、このこんにゃくみたいなものに混ぜてあるんですが、それが体に悪いそうなので」

いままさにゲルをつつこうとしていた藤丸は、びくっとして飛びすさった。大型犬みたいに常にのんびりした風情の藤丸が、猫のようなしぐさを見せたので、

「脅かしてすみません」

と本村は笑いながら言った。「直接触れなければ大丈夫です」

藤丸はじりじりともとの位置に戻ってきたが、うっかりゲルに触れたりしないよう、体のうしろで手を組んでいる。やっぱり警戒心の強い野良猫みたいだ。

たしかに有害性の高いものもあるけれど、実験で使う薬品などは、本村にとってあくまでも日常的な存在だ。もちろん、取り扱いには細心の注意を払うし、廃棄する際も規定に従って厳重に行うが、怖いという感覚はあまりない。だから、藤丸が見せた「得体の知れないもの」に対するような反応を、新鮮に感じた。いつも使っているからといって、気のゆるみを生じさせてはいけないんだ。本村は改めて自分にそう言い聞かせた。

藤丸が見守るまえで、本村はゲルをポータブル冷蔵庫のような形の撮影機に入れた。大きく息を吐き、紫外線を照射するスイッチに指をのばす。はたして、DNAはどんな速度で移動したのか。紫外線によって、その軌跡が浮かびあがるときがきた。緊張のせいで、指さきが冷たくなっているのがわかった。

「俺には研究のこととか、さっぱりですが」

藤丸が唐突に言ったので、出鼻をくじかれた本村はスイッチを入れ損ねた。肝心なところなのに、と本村にしてはめずらしくいらだち、「ちょっとあとにしてもらってもいいですか」と言おうとして、藤丸を見た。

とたんに、本村のなかでいらいらが霧散した。藤丸が真剣な表情を保ったまま、ゲルの撮影機を眺めていたからだ。藤丸さんは、実験の邪魔をしたいんじゃなく、なにか知りたいことがあって話しかけてきたんだ。本村はそう察し、ゲルに紫外線を照射するのはひとまずあとまわしにして、傾聴の構えを取ることにした。実験のクライマックスを目前に控え、ついあせって、藤丸を邪険にしそうになった自分を恥じた。

そんな本村の心の動きを知るはずもなく、

「本村さんの実験は、重要なシーンを迎えていますね?」

と、藤丸は質問を発した。

「はい」

言い当てられたことに少し驚いたが、それを表すのも失礼かと、本村は顔面の筋肉を動かさぬようにした。「藤丸さん、どんどん実験に詳しくなってますね」

「いえいえ」

藤丸は背後で組んでいた手をようやくほどき、顔のまえでぶんぶん振った。「巨大なカブトムシの餌みたいなもんを、大事に冷蔵庫にしまってるぐらいだから、そうじゃないかと思っただけで。しかも毒入りだし」

本村にとっては、電気泳動はありふれた実験手法である。畢竟《ひっきょう》、ゲルを扱うのも慣れた行為だ。研究室のメンバーがゲルを作っているところも、しょっちゅう見かける。しかし大の大人が、食べるわけでもないゲルを実験室でぷるぷるさせているさまは、なにかただごとならぬ光景だと傍目《はため》には映るのかもしれない。

「これは冷蔵庫ではなくて」

と本村は言った。「ゲル撮影機といって、ゲルに紫外線を照射したり、ゲルの写真を撮ったりするための機械です」

藤丸は、はてなマークを盛大に顔に貼りつけたような表情をしていた。なにがなにやら、と言いたそうな様子だ。だが、ゲル撮影機の正体と目的はさっぱりだけれど、とにかく大事な局面だということは理解したらしい。

「邪魔してすみません」

と、ドア口のほうへ後退をはじめた。「俺、やっぱり出直してくるっす。弁当のおかずについては、また今度」

「いえ、大丈夫です」

本村はあわてて呼び止める。「スイッチを入れれば、すぐに結果は判明しますから、お弁当の相談はそのあとに」

そうだ、長くつづいた実験の、結果がとうとう明らかになってしまうのだ。本村は心を鎮めるため、ひとつ息を吐いた。成功していても、失敗に終わっても、とても一人では受け止めきれそうにない。いまこの瞬間に、藤丸が実験室にいることが、なんだか心強く感じられてきた。

実験の最初の段階から、なんだかんだで藤丸は居あわせている。結末を見届ける場にも、呼んでいないのに現れた。実験の守護神みたいに。だったらそばにいてもらおう。本村はそう思った。たとえ失敗だったとしても、直後にお弁当について相談すれば、気も紛れるはずだ。

藤丸がうれしそうに、でもどこか遠慮がちに、本村の隣に戻ってきた。本村はゲル撮影機のスイッチに再び指をのばした。

ぶん、とかすかな音を立てて機械が作動する。しばしの間を置いて、「えーっと」と藤丸がゲル撮影機と本村とを見比べた。機械にも本村にも、なにも動きがなかったためだろう。

「できあがったら、『チン！』とか合図があるんすか」

「いえ、これは電子レンジではないので」

と本村は言った。「内部で、すでに紫外線が照射されています」

藤丸はまたも、なにがなにやらという表情になったが、

「じゃ、見てみましょうよ」

と無邪気にうながす。

「そうですね」

緊張で声がかすれた。本村は咳払いし、ゲル撮影機のドアについた小窓の蓋を開けた。藤丸と身を寄せあうようにして、なかを覗きこむ。

紫外線が照射された機械の内部は、青紫の暗い光で満たされていた。深い深い海の底のようだ。そのなかで、ぼんやりと浮かびあがる赤ピンクの線がある。深海に輝く、魚の鱗《うろこ》みたいに。ゲルに仕込まれた染色液によって染められた、ＤＮＡが放つ光だ。

「うわあ、きれいだなあ」

と藤丸がつぶやいた。本村は目を凝らし、線が示す情報を読み取っていく。

「本葉が出るのが遅く、なおかつ葉もとがうっすら赤い」株一号の、「遺伝子A」と「遺伝子C」は、それぞれ「aa」「cc」と、見た目にたがわずちゃんとホモになっていた。

では、バスタ耐性が強発現《きょうはつげん》した「遺伝子B」は、どうだろう。農薬に負けなかった株のなかから候補を絞ったので、「Bb」の株と「bb」の株が混在しているはずだ。この株はどっちだろうと、DNAが放つほのかな光をますます凝視した本村は、

「『bb』だ!」

と小さく叫んだ。藤丸が、「え、どこにビービー弾《だん》があるっすか?」とあたりを見まわしたが、もちろん本村は、そんな藤丸の言動に気づいていない。

四つの遺伝子のうち、三つが小文字のホモになっている!

ああ、でも……。「遺伝子D」だけ、線の表れかたがちがう。ほかは一本の線が梯《はし》子状《ごじょう》に表れているのに、これは二本線。「Dd」だ。ヘテロになってしまっている。

「本葉が出るのが遅く、なおかつ葉もとがうっすら赤い」株一号は、三重変異《さんじゅうへんい》までは成功していたが、四重変異体ではなかった。

本村は、「四重変異体じゃなかった」ということに気を取られ、一瞬落胆しかけた。

しかしすぐに、「いえ、ちがう。これはむしろ福音だ」と思い直す。

なにごとにも丁寧に、臆病なほど細心に取り組むあまり、眼前の出来事に過剰に振りまわされてしまうのが、本村の悪い癖だ。「遺伝子D」を選びまちがえたときも、「どうしよう」とおろおろするばかりで、だれかに相談することも、臨機応変に対応策を練ることも、すぐにはできなかった。

いけない、いけない。四重変異体ができているか否かに意識を集中しすぎて、実験の根幹を見失うところだった。落ち着いて考えてみよう、と本村は自分に言い聞かせる。

「本葉が出るのが遅く、なおかつ葉もとがうっすら赤い」株は、子葉のサイズは通常のシロイヌナズナと変わらないし、本葉もやや大きい程度だ。翻ってデカパイは、子葉も本葉も段ちがいにサイズが大きかった。

実験をはじめるにあたって本村が立てた仮説は、「この四つの遺伝子が、すべて小文字のホモ、つまり四重変異体になっていれば、葉っぱの制御システムになんらかの変更が生じ、葉のサイズが大きくなるはず」というものだった。その仮説を踏まえれば、通常のシロイヌナズナとさほど変わらぬサイズの葉を持つ、「本葉が出るのが遅く、なおかつ葉もとがうっすら赤い」株が三重変異体どまりなのは、むしろ本村の推理の正しさを証明する第一歩だ。

そこに思いいたった本村は、最前の「落胆一歩手前」な気持ちから見事に復活し、現金にも今度は期待でドキドキしはじめた。

この実験、もしかしたらうまくいっているかもしれない。葉っぱの大きなデカパイが、ちゃんと四重変異体になっていれば、成功だとはっきりする。

デカパイ一号のＤＮＡは、はたしてどんな軌跡を描いているのか。本村はにじんだ手汗をジーンズでぬぐい、ゲル撮影機の小窓にいっそう顔を近づけた。本村の気迫に押されたのか、藤丸が一歩退いて、小窓のまえのスペースをあけた。

青紫の空間に浮かびあがる線を、本村は夢中で読み解く。デカパイ一号の「遺伝子Ａ」は、「ａａ」になっていた。バスタ耐性を備えた「遺伝子Ｂ」も……、おお、「ｂｂ」だ！

激しくなった鼓動が眼球までをも揺さぶっているのか、視界がぶれる。本村は何度も大きく深呼吸し、なんとか目の焦点を定めようと努力した。「息を荒らげながら覗き行為をしている不審者」みたいだなと思ったが、気にしている場合ではない。

「遺伝子C」も「cc」。よし、三重変異体としては成立している。本村はごくりと唾をのんだ。じゃあ、肝心の「遺伝子D」、略号AHOは……？

暗闇に光る赤い線を、本村は見つめた。「遺伝子D」の軌跡は長く、梯子の段にあたる線は、一本だった。つまり「遺伝子D」も、「dd」になっていた。

本村はゲル撮影機に付属するモニタを夢中で立ちあげ、ピントを合わせてシャッターボタンを押した。DNAが放つ光の軌跡が、白黒写真となって撮影機専用のプリンターからみょーんと出てくる。

手に取った写真を眺め、本村は唇を嚙みしめた。せっせと種採りや種播きをしたこと、物言わぬシロイヌナズナに思わず話しかけたりしながら毎日世話をしたこと、遺伝子を選びまちがえてしまって絶望のどん底に叩き落とされたことなど、実験の記憶が脳裏をよぎり、さまざまな思いが渾然《こんぜん》一体となった感情がこみあげて、「もしや私は死ぬのか。これが走馬灯というものか」と心配になった。

写真を見て地蔵のように固まっている本村をうかがいつつ、藤丸はまた小窓から機械のなかを覗いたりなどしていた。しばらく待っていたみたいだが、それでも本村の地蔵化が収まらないので、

「あのー」

と声をかけてくる。「結局、どうだったんでしょうか。この赤い線は、なんすか？」

本村は藤丸の存在を思い出し、写真から顔を上げた。

「四つの遺伝子とも、すべてホモ。四重変異体になっています」

と、本村は興奮を押し殺して説明した。「デカパイは、ちゃんと四重変異体でした。しかも、私が『遺伝子D』を選びまちがえて、予定とはちがう四重変異体になっちゃったんですけど、それでもたしかに、デカパイの葉はほかのシロイヌナズナよりも大きい。これって、ほとんどだれも着目してこなかったAHO遺伝子が、葉っぱの制御システムになんらかの影響を及ぼしているらしいってことで、ああ、こんな偶然の発見が本当にあるなんて……！」

次第にヒートアップし、ついには叫ぶような口調になった本村のまえで、藤丸は三度目の、なにがなにやらという表情をした。

「ちょっと難しくて……、すみません」

と藤丸は言った。「つまり？」

「つまり、成功です。実験は成功です！」

本村の言葉が鞭《むち》だったかのごとく、藤丸は飛びあがった。

「え、まじで？」

「はい！」

本村は声を弾ませた。「もちろん、まぐれだといけませんから、残りの葉っぱの上澄みもすべてPCRにかけて、ちゃんと確認する必要がありますけれど」

しかし藤丸は、細かい説明など聞いていない。「成功」という単語に反応し、

「やったー！」

と両手を高く上げ、ついで本村をがばりと抱きしめた。「よかったよかったよかったっすね！」

本村は驚いたが、藤丸が見せた心からの喜びに導かれるように、自分のなかでカオスのごとく渦巻いていた思いが、「うれしい」という気持ちに集約されていくのを感じた。

「はい、やりました！」

本村はそう答え、藤丸のシャツの脇あたりをそっとつかんだ。二人はひとかたまりになったまま、その場でぴょんぴょん飛びはねる。

藤丸さんや松田先生の言ったとおりだった。本村は思う。途中で失敗したり、予期せぬことが起こったりしても、かまわない。「予定どおり」なんてありえないし、退屈だ。予定とは異なる、ままならない道を、それでも自分の思考と気持ちを信じて進みつづけたから、いまのこの発見があるんだ。喜びとうれしさがあるんだ。

実験って、植物って、なんておもしろいんだろう。もう、やめられそうにない。やめたくない。生きるのをやめられないように。学部生のとき、「どうして」と、「知りたい」と、願ったことは無駄でもまちがいでもなかった。私は知りたい。私と同じように地球上で生きている、不思議で魅力的な植物を。これからも知るために、研究者として生きていく。

失敗したって、実験がうまくいかないときがあったって、絶対に後悔だけはしないだろう。諦めずに植物と触れあい、実験と研究をつづけていれば、きっとまた、こういう喜びを味わえるだろうから。大好きで大好きで……、私は植物に恋をしているから。

本村は頰を紅潮させ、藤丸から体を離した。実験が成功し、感激のあまり取り乱してしまった。さあ、心を落ち着けて、お弁当の相談をしなければ。

ゲルを取りだすために、撮影機のスイッチを切ってドアを開ける。そういえば、ゲルに触れた手袋をつけたまま、藤丸さんの服をつかんでしまった。端っこを軽くつまんだ程度だし、洗濯すれば大丈夫だとは思うけれど。

注意をうながそうとして、本村はゲルを手に藤丸に向き直った。藤丸は怒っているみたいに真剣な目で、本村を見ていた。

「俺、やっぱり本村さんのことが好きです」

と、藤丸は静かに告げた。「二度も言うつもりなかったんすけど……」

「すみません」

と、本村も同じように静かに答えた。「たったいま、確信したところです。私は、藤丸さんの思いには応えられません」

本村の手のなかで、ゲルがぷるんと震えた。

五章

円服亭《えんぷくてい》における藤丸陽太《ふじまるようた》のあだ名は、「フラ丸」から「フラフラ丸」へとバージョンアップした。同じひとに二度告白するも、連敗を喫する結果となったからである。もちろん藤丸は、円服亭店主の円谷正一《つぶらやしょういち》にも、常連客のみなさんにも、そんな個人的事情をまったく打ち明けなかった。しかし、敵もさるもの。店で接客や調理にあたる藤丸の、微細な雰囲気の変化を敏感に嗅《か》ぎ取ったらしい。

ある晩、クリーニング店のおばちゃんの号令のもと、円服亭で緊急会議が行われた。ゴールデンウィークを過ぎ、客足が比較的少ない一日で、そろそろ店じまいするかなという頃合いのことだった。店内に残っていたのは、ほかには常連のアジフライのおじさんのみで、号令に応えて即座に、クリーニング店のおばちゃんがいるテーブルに移動した。円谷も厨房から出てきて、三者はちびちびと白ワインを飲みはじめる。

藤丸は表の電気を消し、ドアに「準備中」の札《ふだ》を提げたのち、円谷たちのいるテーブルからは離れた床にモップをかけた。だが、どうも背中に視線を感じる。圧に耐えかねて振り返ると、おばちゃんがワインを舐めながら手招きしている。

「……なんすか？」

「こっちで一緒に飲みましょ」

「俺、閉店作業が」

「いいから、藤丸くんが来ないと会議をはじめられないから」

なんでだよ、なんの会議なんだ。藤丸は円谷に目で助けを求めたが、円谷は素知らぬふりで全員のグラスにワインをつぎたした。なぜか四つめのグラスまで用意されている。

逃れられそうにないなと観念し、藤丸はモップを置いてテーブルについた。

「はいはい、かんぱーい」

と、アジフライのおじさんがグラスを打ちつけてくる。それに応じ、藤丸も白ワインを飲んだ。

間合いを計る一瞬の沈黙ののち、

「ところで藤丸くん、なんかあったでしょう」

と、クリーニング店のおばちゃんが切りこんできた。「いいのいいの、隠してもおばちゃんにはわかってる。最近様子が変だもの。ね？」

「そうだなあ」

アジフライのおじさんが同意した。「一見、いつもと変わらず仕事してるようでいて、たまにボーッと遠くを見てるときがあるね」

「こいつがボーッとしてんのはいつもだよ」

円谷が茶々を入れる。「どうせまた失恋でもしたんだろう」

げふげふと藤丸はむせた。口を挟ませてもらえないうちに、どんどん話題が核心に迫ってきている。おそろしい会議である。

「あのー」

と、藤丸は言った。「これはなにについて話しあう場なんすか？」

「もちろん、『藤丸くんの悩みはどうしたら解消されるのか』を話しあう場よ」

おばちゃんは胸を張った。「ささ、私たちに言ってみて。なにがあったの？」

「悩んでなんかないすけど……」

それは本心だった。だが、クリーニング店のおばちゃんはじめ、中高年三人は期待に目を輝かせて藤丸を注視している。しかたなく、本村《もとむら》に告白して、また断られたことを話した。

「えぇー！」

と三人は叫び、ついで爆笑した。ひどいっす、と藤丸はいじけ、ワインをあおる。

「失恋相手、前回と同じひとなの？」

「藤丸くんもくじけないというか、案外執念深いんだなあ」

「またもフラれて、黒星が二つ。フラ丸じゃなくて、フラフラ丸じゃねえか」

そういうわけで、藤丸はフラフラ丸へと格上げされたのだった。以降、クリーニング店のおばちゃんとアジフライのおじさんには、「フラフラくん」と呼ばれている。

藤丸としてはむろん、不満である。執念深いと言われるのは心外だが、本村を一途《いちず》に慕った結果の二連敗なのだから、「フラフラくん」などと浮気性みたいな響きで呼んでほしくない。

緊急会議では結局、藤丸の悩みの解消法など提示されなかった。

「まあ、フラれたもんはしかたないわよねえ」

「藤丸くんはいいやつだと思うが、いいやつが女性にモテるかというと、必ずしもそうとは言いきれないところがあるからね」

「次行け、次。しつこくしてお相手に迷惑かけたら、店から叩きだすぞ」

傷口に塩水を染みこませた包帯を巻くような助言の数々。藤丸は、「わかってますよ」とますますいじけ、あとは全員で鯨飲《げいいん》したのみで、会議はおひらきとなった。

藤丸は本当にわかっているし、納得している。本村さんは植物に夢中なんだ、と。二度目の告白をするまえから、こういう結果になることはちゃんとわかっていた。だから、失恋した事実に悩んでもいないし、本村に断られるのも二度目だから、ショックは比較的軽い。ただ、「最初は返事まで三日かけてくれたのに、今回は即座に『すみません』だったなあ。断りの速度が超速くなってる」と、笑っていいのやら泣いていいのやら、情けない思いはする。

一度目のときは、本村と知りあってまだ間もなく、勢いで告白してしまった面もあった。でも、それから時間を積み重ね、本村をより知るにしたがって、藤丸の恋心は枯れるどころか、ますます深く根を張るようになった。

本村と会うたびに、いつも植物のことしか考えていないのだと思い知らされた。スイートポテトを捧げても、レアチーズケーキを捧げても、本村の心はどこか遠くにあって、藤丸の姿を映しだしてはくれない。だけど本村さんは、光合成《こうごうせい》をする植物とはちがうのだからと、藤丸はせっせとランチを運びつづけた。自分の作った料理や菓子が、本村の肉体を作り、維持する手助けをしているのだと思うと、ほの暗い喜びを覚えた。

顕微鏡室で見せてもらった、植物の細胞が織りなす銀河を思い出す。いま、本村の細胞を顕微鏡で見たら、あのときの植物と同じように、あちこちで小さな光を放つだろう。その光の何分の一かは、俺が作った料理をエネルギー源にして輝いているはずだ。どんな星空よりもうつくしい、本村の内部で繰り広げられる銀河。それを想像して、藤丸はうっとりせずにはいられなかった。我ながら変態くさいと思った。

そんな藤丸の物思いをよそに、本村は実験にのめりこんでいた。たまに実験について説明してくれたが、宇宙語かなと思うほど、藤丸には難しくて理解できなかった。でも、宇宙語をしゃべる本村もかわいかったし、本村がどんなに植物と研究を大事に思っているかだけは、充分すぎるほど理解できた。

二度目の告白をするつもりはなかった。以前よりも、本村を知るようになっていたから。だが、どうしてもこらえきれなかった。理由は同じだ。以前よりも、本村を知るようになっていたから。実験が成功し、喜びと興奮で頬に血の色をのぼらせた本村を見たとき、思いが言葉になってあふれてしまった。

理解は愛と比例しない。相手を知れば知るほど、愛が冷めるということだってあるだろう。藤丸の本村への思いは、それとは逆だった。理解が深まるにつれ、愛おしいと感じる気持ちも増していった。

でもさ、それ以上の速度で、本村さんの植物に対する理解と愛も、深まっちゃってるんだもんなあ。藤丸はため息をつく。だからこその、今回の超高速「すみません」なのだろう。とても太刀打ちできない。

もちろん、告白を断られてつらい。前回よりもいっそうの思いが籠《こ》もっていたからこそ、なおさら。だが、藤丸は納得もしているのだった。恋のライバルが常に人類だとはかぎらない。

本村の心は、植物のものだ。

悔しいけれど、地球上の植物をすべて焼き払うことなどできない。そして困ったことに、藤丸は本村のおかげで、まえよりも植物を好きになっていた。人間と同じぐらい謎に満ちた生き物。ものも言わず、だけど道路脇やアスファルトの隙間でも、たくましく細胞を分裂させている不思議な生き物。

本村と会ってから、藤丸には世界がこれまでとはちがって見える。料理で使う野菜はよりうつくしく輝きを帯び、なんということもない都会の風景のあちこちにある緑が目にとまる。なんてたくさんの植物が、地球上で生きているんだろう。さびしさをふと忘れるほどに。

藤丸は、後悔はしていなかった。藤丸に新しい世界を見せてくれたひと。植物に恋する女の子に、恋をしたことを。

フラフラ丸と化すも、藤丸は淡々と生活を送り、本村ともいままでどおりに接していた。本村の態度も、ふだんと変わらない。

梅雨に入ってすぐ、T大理学部B号館へ昼食のデリバリーに行った藤丸は、玄関ホールで本村の背中を見かけた。本村はホールの階段を一段抜かしで軽やかに上っていた。

「本村さん」

と呼びかけると、振り返った本村は、藤丸に気づいて笑顔になった。

「雨のなか、ありがとうございます」

と、本村は会釈する。本村に追いついた藤丸は、一緒に研究室まで階段を上った。並んで、ゆっくりと。本村は、地下の顕微鏡室でデカパイの葉っぱの細胞を見ていたのだと教えてくれた。実験によって、デカパイが四重変異体《よんじゅうへんいたい》だと確定したので、いまはデカパイの種を播《ま》いて株を増やしているところなのだそうだ。

藤丸にはあいかわらず、難しい研究のことはよくわからない。でも、本村がなぜ、研究について話してくれるのかはわかった。律儀で真面目な本村は、藤丸の告白自体も、告白を断った事実も、気軽に流すような真似をしてはならない、と思っているのだろう。真剣な告白を断ってまで、自分が打ちこもうとしていることとはなんなのか、「藤丸さんには報告するべきだ」と自身に任じているように見受けられた。

藤丸にしてみれば、「フラれた相手から、幸せな結婚生活について逐一報告を受ける」みたいなものなのだが、なにしろ本村が「結婚生活」を営んでいるのは、人類ではなくシロイヌナズナだ。嫉妬や怒りも湧きようがなく、「生き生きしてるな、本村さん」と、まぶしく眺めるばかりだった。恋の敗残者はつらい。しかも、植物に負けた男。

研究者の恋人や家族は、多かれ少なかれ、「研究対象には負ける」と感じてるのかもしれないな、とも思う。本村の恋人にも家族にもなれなかった身で、おこがましい推測ではあるが、藤丸はこの一年弱、松田《まつだ》研究室に出入りしてきた。それでわかったのは、「このひとたち、植物と植物研究が好きすぎる」ということだ。たぶん、研究者の恋人や家族は、「またわけのわかんない研究にのめりこんでる」とあきれるときもあるのではなかろうか。

そこまで身近な間柄になれなかった藤丸としても、「まじか。俺、本村さんのなかで植物よりも下なのか」と思うが、よく考えてみれば、植物と人間のどっちが上でどっちが下と決められるものでもない。また、植物の研究者にとって、昼食をデリバリーする近所の店の店員と植物とだったら、植物のほうに多大な時間と注意を傾けるのは当然とも言え、ぐうう、やはり恋の敗残者はつらい。

しかし藤丸は、本村が語るシロイヌナズナの話をつつしんで拝聴する。それが本村の誠意なのだとわかったし、なによりも藤丸自身が、シロイヌナズナをはじめとする植物を、植物の研究を、ますます好きになっていたからだ。

そういうわけで、藤丸と本村の距離感は従来とさほど変わらない。合同セミナーで提供する弁当や打ち上げの料理についても、だいたいの相談が終わった。

本村によると、参加者は五十二名。そのうち、蕎麦《そば》アレルギーとピーナッツアレルギーがあるひとが一名ずつ。蕎麦を弁当に入れたらのびてしまうし、円服亭ではピーナッツオイルは使用していないので、問題はない。ただ、万が一にも混入したりしないよう、原材料にはよくよく注意しなければと、藤丸は自分に言い聞かせる。

合同セミナーに参加するのは、T大大学院からは松田研究室と諸岡《もろおか》研究室だ。O大学、K大学、S科学技術大学院の研究室に所属する、院生や先生たちもやってくる。各研究室は、日ごろから協力して植物の研究をしたり、比較的大がかりな実験を分担して行ったりもしているのだそうだ。そちらの進捗《しんちょく》については、またべつの機会に会合が開かれるようで、今回は主に、各人の現在の研究成果を発表し質疑応答する、内輪の学会のようなものらしい。

本村のリサーチで、マレーシア人のイスラム教徒の院生と、イギリス人のヒンズー教徒の院生が一人ずつ、留学生としてO大とK大の研究室に在籍しているのが明らかになった。ほかにもさまざまな国からの留学生がいるが、宗教上の理由で食べてはいけないものがあるのは、この二名だ。

藤丸はむろん、それぞれの戒律に対応した弁当を、別個に考案する心づもりだった。

しかし本村によると、

「二人とも、昼食は各自で準備するそうです」

ということだ。「ただでさえ大量のお弁当を作るんだから、大変だろうと」

俺に知識と技術がないばかりに、二人の留学生に遠慮をさせてしまった。藤丸は申し訳なく思い、めったに鳴らないスマホをここぞとばかりに活用して、宗教上、口にしてはいけない食材を調べてみた。たしかに、イスラム教にもヒンズー教にも、いろいろな決まりがあるようだ。藤丸が調理手順や使う食材を誤ったせいで、二人が戒律を破ることになってしまっては一大事なので、ここは申し出に甘えることにした。

「俺もそのあたりには疎《うと》くてなあ」

と、円谷も忸怩《じくじ》たる表情だ。「でも、今後はそれじゃあいけねえな。ベジタリアン用のメニューや、信仰を持つお客さん向けのメニューも、ちゃんと準備しておかないと。少しずつ勉強していくか、藤丸」

「はい！」

極めねばならぬ料理の道は、はてしなくつづく。藤丸は気が遠くなる思いがしたが、熟練の域に達してなお、向学心に燃える師匠の姿を見て励まされもした。

二人ぶんの弁当代は徴収しないことにし、結局、作る弁当は五十人前となった。打ち上げのメニューのほうは、留学生二人にも、食べてもいいものを自由に選んでもらえるよう、なるべく工夫しよう。野菜料理を多めに、サラダのドレッシングも別添えにして……。イスラム教徒のひとはアルコール厳禁らしいから、風味づけにも使わないほうがいいな。そうだ、醤油とかの調味料も、アルコール無添加のものにしないと。

藤丸は合同セミナー用のレシピノートを作り、あいた時間を見つけては、思いついたメニューをメモしていった。弁当のほうは、メニューに特に制約はないとはいえ、五十人ぶんともなると、食材の仕入れ量を割りだすための試作が必須だ。円服亭の明かりは、連日深夜まで消えることがなかった。円谷も試作につきあい、メニューに的確なアドバイスをしたり、どう作業すれば効率がいいか知恵を絞ったりしてくれた。

円谷の交際相手である花屋のはなちゃんも、藤丸を応援している。円谷の帰りがあまりに遅いので、心配して閉店後の円服亭を覗きにきたはなちゃんは、

「五十人ぶんも作るの？」

と、豊満というかふくよかな体をのけぞらせた。「あたしも五十人ぶんのカレーを

作ったことあるけど。ほら、息子が小学生だったころ野球やってたから、チームの夏合宿のときに。合宿っていっても一泊だけの、親睦会みたいなもんだったわねえ。夜はみんなで花火もしたし」

藤丸は一人前の米の分量を量りながら、根気強く耳をかたむけた。はなちゃんの話はどんどん横すべりしつつも、「まあとにかく、五十人ぶんのカレーを作るのは大変だった」というところに落ち着いた。円谷は適当に相槌《あいづち》を打っている。

「じゃあさ」

とはなちゃんは言った。「当日、うちのバンを貸してあげる。五十人ぶんのお弁当となると、自転車じゃあ、何度かにわけないと運べないでしょ」

「ありがとうございます。でも俺、免許持ってないんで」

「そうなの⁉」

それじゃデートに行けないじゃない、とはなちゃんが言おうとしたこと、しかし円谷が寄越した視線からなにかを察したのか、ぐっと言葉を飲みこんだことが、藤丸には見て取れた。いてて、と藤丸は思ったが、たとえ運転免許があっても、本村が相手だと恋のライセンスにはなりえない気がしたので、少し心が慰められた。

「じゃあさ、じゃあさ」

と、はなちゃんは改めて切りだした。「あたしが運転して、T大構内まで運んだげる。お弁当を下ろして帰ってくるぐらいなら、十五分もあれば充分だろうし。そのあいだは、隣の薬屋のおばちゃんに声かけて、うちの店もちらちら見といてもらうようにすればいいから」

当日は円服亭も通常営業する予定なので、たしかにバンだけ借りたとしても、免許を持つ円谷は、店のほうで手一杯なはずだ。藤丸はどうしたものか迷ったが、

「悪いね、はなちゃん。助かるよ」

と円谷が頭を下げたので、ありがたく申し出を受けることにした。

こうして、運搬の足も確保できたし、弁当と打ち上げのメニューも固まっていった。仕入れの発注もかけ、作業の分担とシミュレーションも万全だ。円服亭に大量に届いた弁当の容器を見て、

「腕が鳴るなあ、おい」

と円谷は鼻息を荒くする。

二日間ずっと勉強しつづけるという、合同セミナー。藤丸にとっては想像するだに

恐ろしいイベントを、本村たちに元気に乗り切ってもらうために。心をこめて、おいしい料理を作ろう。

とはいえ張り切るあまり、弁当の容器を注文するのが早すぎた。藤丸は円服亭の二階で当面、百個ぶんの容器とともに寝起きすることになった。夜ごとに蒸し暑さを増しながら、梅雨の季節が過ぎていく。

夏は、大小の学会が開かれるシーズンなのだそうだ。梅雨が明けると、松田研究室の面々はふだんより慌ただしく動きまわるようになった。目前に迫った合同セミナーのみならず、学会の準備もあって忙しいらしい。

研究室にだれもいないことも多く、ある日、藤丸が昼食をデリバリーしたら、大机に代金だけがむきだしのまま置かれていた。不用心だ。藤丸は金を巾着《きんちゃく》に収め、「たしかにいただきました」と手近な反古《ほご》の裏にしたためた。怪盗みたいだ。料理を配膳して、だれとも会えぬまま店に帰った。冷めないうちに食べてもらえるといいんだけど、と少々さびしい思いがした。

合同セミナーの前日、藤丸は最後の打ちあわせのため、松田研究室に顔を出した。研究室には、約束をしていた本村しかいなかった。「ラッキー」と思い、「いや、フラフラ丸のくせに、なにが『ラッキー』だ。ずうずうしいぞ俺」と、急いで邪念を振り払う。

本村はパソコンに向かって、なにやら作業をしていた。画面には、梯子段《はしごだん》のようなものが映しだされた画像が並んでいる。

「それ、このあいだポータブル冷蔵庫みたいな機械で撮った写真すよね?」

「はい。合同セミナーで、現状の研究成果を発表するので。わかりやすいように写真も載せて、レジュメを作ってみなさんに配るんです」

藤丸には、「レジュメ」がなんなのかよくわからなかったが、発表の内容をざっくりまとめた資料とのことだった。今回の合同セミナーは内輪のものなので、発表自体は日本語で行うが、レジュメは論文と同様、英語で書く。日本語がそれほど堪能ではない留学生も、レジュメを読めば、発表の概要は把握できる。

円服亭にも、たまに外国人観光客が来てくれるが、そんなときは円谷と二人がかりで片言の英語と身振り手振りを駆使し、なんとかメニューの説明をする。その経験から藤丸は、伝えたいという思いがお互いにあれば、言語の壁もたいがいは乗り越えられるものだと感じている。

だが、正確なデータと論理性がなによりも大切な科学の世界では、身振り手振りで押し通すわけにもいくまい。キーボードですらすら英文を打ちこむ本村を見て、「すごいなあ」と藤丸は感心するばかりだった。

本村は論文を雑誌に投稿するため、次なる実験に取りかかっているそうだ。松田と相談した結果、遺伝子AHO《エーエイチオー》が葉っぱの制御システムに影響を及ぼしていることを、遅くとも年内には論文雑誌に投稿したほうがいい、と意見の一致を見たからだ。ほかの研究者が偶然、遺伝子AHOを使って同じ実験をしているかもしれない。その場合、一日でも早く論文を発表したほうが、「新発見者」だと認められる。

査読《さどく》であれこれつっこまれないよう、実験を進めていろいろなデータを取り、AHOが果たしている機能を多角的に分析しなければならない。論文化に向けた準備に加え、合同セミナーの幹事役がのしかかり、本村は疲れているようだったが、それでも表情は充実感で輝いていた。

「その論文が、博士論文になるんすか?」

「いえ、博論の提出までは、まだ一年ちょっとありますから。そのあいだに、実験をさらに展開させるつもりです。遺伝子AHOの働きをもっと具体的に知りたいですし、もともと選ぶつもりだった遺伝子AHHO《エーエイチエイチオー》についても調べたいですし。また成果がまとまったら論文雑誌に投稿して、博論はそれらの集大成って感じにできるといいなと思ってます」

アホとアッホーに、まだまだ調べなきゃならないことが残ってるのか。藤丸はいつもながら圧倒される思いだったが、これ以上複雑な説明をされても理解が追いつかないので、話題を変えることにした。

「ほかのみなさんは、どうしてるんですか。最近、あまり研究室にいないすよね」

「さあ」

と本村は首をかしげた。同じ研究室に所属していても、基本的には独立独歩で実験や研究を行っているので、各人の細かいスケジュールまでは把握していないらしい。

「加藤《かとう》くんは、八月に沖縄で開かれる大きな学会に向けて、ポスターを作りにいきました」

「ポスター？」

今度は藤丸が首をかしげる番だった。「学会があることは、研究者のひとたちは知ってるんですよね？　どうしてポスターが必要なんすか？」

「告知用のポスターではないんです」

　本村はパソコン画面に表示されていたレジュメをプリントアウトし、出来映えを確認しながら言った。「学会では、みんなのまえで口頭で発表するひともいますが、『ポスター発表』という場も設けられます。会場のロビーなどに、レジュメを拡大したみたいな、大きなポスターを貼りだす形式です。ポスターを作った研究者がそばに立ってますから、気になる内容があったら、直接疑問や質問を投げかけることができます」

「へええ」

　文化祭みたいだな、と藤丸は思った。そういえば高校時代、文化系のクラブが模造紙に研究成果を書いて発表していた。藤丸はもちろん、模擬店でタコ焼きを焼いたり、友だちがやっている模擬店で買い食いをしたりするのに夢中で、真面目な研究発表などろくに見たことがなかったが。

「紙だと、持ち運ぶときに折《お》り皺《じわ》がついたり破れたりするので、大きな布にプリントするひとも多いです」

と、本村は説明をつづけた。「布だったら、現地でアイロンを当てたり寝押しししたりすればいいですから。加藤くんは、一階のコピー室に行くって言ってました。ポスター発表用に、布にプリントできる印刷機もあるので」

「へえええ」

布でポスターを作る。本村たちにとってはあたりまえのことのようだが、藤丸としては驚きの習慣というか風習だ。

「加藤さんは、やっぱりサボテンについて発表するんですか」

「はい。トゲを透明化する手法を、詳しく説明すると言ってました。八月の学会は大きなものですが、サボテンを専門にしてる研究者は、たぶん加藤くん以外に出席しないと思うのですが……」

透明になったサボテンのトゲの写真を、布にうまくプリントできるのだろうか。そして、それに食いついてくれる研究者はいるだろうか。やや気が揉めたが、藤丸は加藤のポスター発表の成功を祈った。

レジュメ作成の目処《めど》が立ったのか、本村がプリントを机に置き、改めて藤丸に向き直った。

「お待たせしてすみません。明日の件ですよね」

　藤丸は気持ちを切り替え、何時に弁当を搬入すればいいのかなど、最終確認をした。本当は、本村が語る研究や学会の話をもっと聞いていたい気もした。自分の理解が追いつくならば、朝まででも。合同セミナーの弁当や打ち上げについては、これまでも何回も相談しているので、確認はあっというまに終わってしまうからだ。

　本村がまた、半袖のTシャツを着る季節になっていた。本日のTシャツの左胸には、ハート型の葉っぱを食べるイモムシの絵が小さくプリントされていた。俺はこのイモムシのようには、本村さんのハートに穴をあけられなかったんだなと思い、ちょっと切なかった。視線を落とすと、ゴム草履《ぞうり》を履いた本村の足が目に入った。桜貝みたいな爪がきれいに並んだ、小さな足。

　つるりとしたかかとも見たかったけれど、本村は打ちあわせの最後まで、藤丸にまっすぐに視線を向けてきた。

　別れぎわ、本村は五個のハバネロの実が入ったレジ袋を差しだした。

「加藤くんに手伝ってもらって、なんとか収穫まで漕ぎつけました」

　と本村は言った。俺がハバネロオイルを作りたがってたこと、本村さんは覚えててくれたんだ。藤丸はうれしく、礼を言って受け取った。

ハバネロは小ぶりのピーマンぐらいのサイズと形で、炎のように赤かった。なんだか心臓みたいでもある。

研究室のドア口に立って、

「明日、よろしくお願いします」

と見送る本村に、藤丸はぺこりと頭を下げた。

合同セミナー一日目。藤丸と円谷は夜も明けきらぬうちから、円服亭の厨房で奮闘していた。頭にはバンダナを巻き、使い捨ての透明手袋とマスクも装着した、万全の態勢で。

本日の弁当は和風である。大きめのおにぎりを百個作る。具は、おかか梅と野沢菜の二種類だ。おかずは、タラコを挟んだササミの揚げ物と豚肉の西京焼き。ほかにも、ひじきと油揚げの煮物や、ホウレン草の白和《しらあ》えなど、こまごまとした副菜を彩りよく弁当箱に詰めなければならない。

円服亭の二升炊きの炊飯器はフル稼働だ。ご飯が炊きあがるたび、「あちち、あちち」と小さく悲鳴を上げながら、藤丸はおにぎり製造マシンと化した。円谷のポリシーで、おにぎりだけは素手で握っているが、まあ手袋の有無に関係なく、熱いものは熱い。その合間に、ササミにタラコを詰めたり、一晩漬けておいた肉を冷蔵庫から取りだして猛然と焼いたりと、脳天から煙が上がりそうなほど目まぐるしく立ち働く。揚げ物を担当するのは円谷だ。ササミを油に投じたところ、はみでたタラコが小爆発したようで、

「うおっち！」

と、厨房から雄叫《おたけ》びが聞こえた。「おい藤丸！　おめえの下ごしらえがずさんなせいで、とんだ危険物になってるぞ！」

藤丸はそのころ、フロアでひじきの煮物を猛然と盛りつけるマシンと化していたので、

「すんませーん」

と心のこもらぬ返事をした。

暑い季節だから、あまり早くにできあがると弁当が腐ってしまう。かといって粗熱《あらねつ》がちゃんと取れていないと、それもまた腐敗の原因になる。円服亭のフロアに冷房を効かせ、客用テーブルにびっしりと弁当箱を並べて、要領よく作るのが肝心だ。藤丸

と円谷は手分けして弁当作製にあたった。

通常営業に向けて、前夜のうちに仕込んでおいたシチューやカレーの鍋にも火を入れ直さなければならない。円服亭のコンロは休むまもなく、「こっちが温まったら、今度はあっち」と、複雑なパズルのように次々と鍋やフライパンを受け入れた。そのかたわらで、藤丸は今度はキャベツの千切りマシンと化した。ランチのサラダのための準備だ。

五十個の弁当がようやくできあがったのは、十一時半になろうかというころだった。円服亭の昼営業がはじまり、ランチ客が待ちかねたように店に入ってくる。タイミングよく、店のまえの細い路地に、花屋のはなちゃんがバンを停めた。藤丸はせっせと弁当を運びだし、バンの後部に載せた。藤丸自身も後部のスペースに乗りこみ、弁当の山が崩れないよう支える。

「忘れものはない？　じゃあ出発！」

はなちゃんの明るいかけ声とともに、バンは発進した。路地を抜け、本郷通りを渡り、警備員に事情を話して赤門を通過させてもらって、理学部B号館のファサードまえに停車する。その間《かん》、五分とかからず、

「はい、到着！」

と言ったはなちゃんは、少々物足りなさそうだった。「会場の教室まで、運ぶの手伝おうか？」

「いえ、大丈夫です。エレベーターあるんで」

藤丸はハッチドアを開けて後部スペースからぴょいと降り立つ。まずは、畳んで積んであった花屋の台車を地面に下ろし、そこに弁当五十個を載せていく。

「台車は円服亭に置いといて」

とはなちゃんは言った。「明日はあたし、市場には行かない日だから」

「ありがとうございます。じゃあ明日も、十一時半ごろに迎えをお願いします」

「りょうかーい」

はなちゃんは運転席で手を一振りし、華麗にバンをUターンさせて、赤門のほうへ走り去っていった。

はなちゃんを見送った藤丸は、弁当を満載した台車を押し、ファサードのスロープを上る。建て付けの悪いエントランスのドアを開け、玄関ホールにあるエレベーターに台車ごと乗りこんだ。

理学部B号館の四階は、塔のように空に突きでた部分にあたる。そのため、ほかの階よりも面積が狭く、フロアを占めるのは「講堂」と呼ばれる階段教室だけのようだ。両開きの分厚い木製ドアを開け、はじめて講堂に足を踏み入れた藤丸は、「おお」と小さく声を上げた。講堂は立派なものだった。すり鉢みたいな構造で、底面には、歳月を経《へ》て光沢を帯びた木製の教壇がある。階段状に並んだ長机は、教壇を囲むようにゆるい半円を描いている。

席数は二百ほどあるだろうか。合同セミナーに参加する五十名強が、思い思いの席に散らばって座っていた。みんな真剣な表情で、教壇に立つ男性に視線を集中させている。

藤丸が開けたドアは、講堂の一番うしろ、つまり階段の一番高い部分に設けられたものだった。それでも、天井まではまだまだ距離がある。パイプオルガンが設置されていてもおかしくないほど、重厚かつ悠然とした空間だ。左右の壁面に並んだ太い柱の、天井を支える部分には、古代ギリシャ風の装飾が施されていた。柱のあいだには縦長の窓があるようだが、いまは黒いカーテンですべて覆われている。夏の日差しがあまりにもまぶしすぎ、教壇の背後にある大きなスクリーンに映しだされる画像が、よく見えないためだろう。

後方の長机には、参加者それぞれが作ったレジュメと、合同セミナーの進行表が置いてあった。小腹がすいたときに食べられるよう、お菓子も並んでいる。クーラーボックスもいくつもあり、ペットボトルのお茶やジュースが入っているようだった。

藤丸は進行表を手に取った。一人あたり十五分ほど、発表の持ち時間があるらしい。進行表によると、朝の九時半からほとんど休憩なく、午前中だけで七人が発表するスケジュールだ。そして恐ろしいことに、昼の休憩を取ったあとには、さらに十人ほどが発表する予定になっていた。

これを二日もやるのか。そりゃあ脳みそが疲れて、お菓子をつまみたくもなる。常軌を逸《いっ》した勉強好きだなあ、と藤丸は首を振り、とりあえず発表の邪魔をしないよう、静かに台車から後方の長机へと弁当を移した。合間に横目で探したところ、本村は教壇のすぐまえの席で、熱心にノートを取っている。全員がノートパソコンも持ちこみ、発表と関係のありそうな論文を素早く検索するなど、調べ物に活用していた。

藤丸は進行表を眺め、いま発表している男性がＯ大の先生であることを知った。松田と同じく、四十代半ばと見受けられる若い先生だ。ノートパソコンを操作し、スクリーンに画像を表示しながら、熱心に説明している。黄色くてかわいらしい花がスクリーンに映しだされたので、藤丸は興味を惹かれた。弁当の陰に隠れるようにして、最後部の席に座る。

もちろん、発表の内容は藤丸にはほとんど理解不能だった。しかし、黄色い花がキンポウゲであること、先生が野原でキンポウゲを集めまくり、花びらの数を数えまくったことはわかった。

キンポウゲの花びらは、五枚だったり六枚だったりするらしい。大の大人が、「好き、きらい」と花びらを一枚ずつ摘んでいく、花占いのようなことをしたんだろうか。藤丸はちょっと愉快な気持ちになった。「植物学」と一言で言っても、顕微鏡で細胞を見たり、遺伝子を調べたりしている本村さんたちとは、研究のやりかたがずいぶんちがうんだなとも思った。花びらの先生は、細胞やDNAを光らせた写真は一枚も使わず、なんだか難しい折れ線グラフや数式を次々にスクリーン上に示した。

藤丸は視線をさまよわせ、講堂内の人々を観察した。ざっと見たところ、半分以上はよその大学院から参加した研究者のようだった。松田研究室の面々以外にも、なんとなく見覚えのあるひとたちがいるのは、諸岡研究室のメンバーだろう。

松田は最前列の端っこに座り、ときどきメモを取りながら発表に耳を傾けている。ほかのひとはみなラフな恰好なのに、松田だけはあいかわらず殺し屋みたいなスーツ姿だ。席をひとつ置いた隣では、諸岡がふんふんとしきりにうなずいていた。イモが絡まなければ、至極穏やかなひとなんだよなと藤丸は思う。

川井《かわい》は、幹事を務める本村の斜めうしろに座り、タイムキーパー役を手伝っていた。加藤はというと、講堂のなかほどの席で、ノートパソコンの画面を覗きこんでいる。藤丸の視力は両目とも1・5なので、加藤がキンポウゲの花を画像検索し、花びらの数を数えているのを見て取った。

その気持ち、わかりますよ加藤さん。藤丸は一人うなずき、心で加藤とがっちり握手する。斬新で興味深い発表を聞くと、院生であっても素人っぽい反応をしてしまうことがあるんだなと、ちょっと安心した。

岩間《いわま》さんはどこかな、と目で探す。灯台もと暗し。岩間は、藤丸から見てすぐ左斜め前方の席にいた。おおかたの参加者は講堂中段よりまえに散らばって座っているので、岩間のまわりにはひとがいない。

唯一の例外は、岩間の隣に座る若い男だ。座席には余裕があるし、ノートやパソコンを広げるため、隣りあわせに座るとしても、椅子を一個置くひとばかりだ。にもかかわらず、岩間と男は正真正銘の隣同士で座っていた。

ぴこーん、と藤丸の恋愛センサーが反応した。そういえば、岩間さんは遠距離恋愛中だと言っていた。たしか、相手は奈良県にある大学院の院生だったはず。なるほど。藤丸はさりげなく机から身を乗りだし、男の横顔を確認した。岩間と似たような年齢、たぶん二十代後半だろう。真面目そうな顔つきだった。

まあ、真面目じゃなきゃ、研究なんてできないだろうけど。姿勢をもとに戻した藤丸は、ちょっと首をかしげる。それにしても、二人の微妙な距離感が気になるなあ。ひさしぶりに会えて、せっかく隣に座ってるのに、妙によそよそしいというか。もう少し腕をくっつけあうとか、机の陰で手を握るとかしないんだろうか。なんてことを考えちゃうのは、俺がフラフラ丸のくせに懲《こ》りずに浮かれポンチだからで、研究者はやっぱり合同セミナーに参加したら、発表を聞くのが第一なのかな。そりゃそうか。

円服亭の常連客の影響で、「浮かれポンチ」などと、自分の語彙が微妙に古くなっていることに藤丸は気づいていない。

ともかく、岩間とお相手の仲について藤丸が気を揉むあいだに、花びらの先生の発

表が終わった。活発な質疑応答ののち、本村が席を立って、

「ここから九十分間の休憩です」

と、教壇からマイクを通してアナウンスした。「講堂の後方にお弁当、お菓子、飲み物を用意しております。ご自由にどうぞ」

参加者は三々五々、席を立ち、のびをしたりスマホをチェックしたりしながら、講堂内の階段を上がってきた。藤丸も急いで立ちあがり、からの台車を置いておいた壁際に退く。弁当とペットボトルを手に取った参加者は、気分転換もかねてか、講堂の外へ出ていくものが多かった。B号館の空き教室や、暑いけれど木陰のベンチで食べようという心づもりだろう。

「すごい、おいしそうだね」

と女性の院生が二人、うれしげに弁当を評したのを耳にし、藤丸は安堵した。松田をはじめとする顔見知りの面々は、「ありがとうございます」「おつかれさま、藤丸くん」などと声をかけ、弁当を持って講堂から消えた。

「ねえねえ、藤丸くん」

と、加藤は言った。「俺、カツ丼を食べたいんだけど、明日のメニューは？」

ちょうど、岩間とそのお相手が弁当を取ったところだったので、藤丸は心ここにあらずで加藤に答えた。

「残念ですが、明日はサンドイッチです。でも、カツサンドも入れる予定なんで」

「そっかー」

加藤は落胆と期待が半々といった表情になった。「まあ、カツはカツだもんね」

軽く目礼する岩間と、岩間が彼氏らしい人物といることにまるで気づいていない様子の加藤が、相次いで講堂を出ていく。それを見送る藤丸に、

「わあ、おかずがいろいろ入ってますね」

と本村が声をかけてきた。「どうもありがとうございます」

「いえいえ」

藤丸は本村のほうに向き直る。最前から気になっていたのだが、本日の本村は、またも気孔《きこう》がどかんとプリントされたTシャツを着用していた。合同セミナーだから、本村さんなりにあらたまった服装ということなのか？　いくら植物学の集《つど》いといっても、あらたまった服装が気孔Tシャツって、どうなんだ？

しかし、恋心の告白と同様、服のチョイスについて尋ねても、本村からはかばかし

い返答を得られないのは、藤丸もう充分学習していた。最後の一個となった弁当を本村に手渡しながら、べつの話題を選ぶ。

「さっき、キンポウゲの花びらの話を、ちょっとだけ聞きました。難しくてよくわかんなかったけど、おもしろいすね」

「はい。あの先生は、数学的アプローチで花びらの配置などについて研究してるかたなんです」

と、本村は目を輝かせて同意した。「キンポウゲの花は、花びらが五枚のものが大多数です。でも、なかにはエラーで、六枚目の花びらを持つ花もちらほらある。では、六枚目の花びらが、花のどこにできるか。数学的には、何通りか位置を算出できるそうですが、実際に花を調べると、六枚目の花びらができる位置は、そのうちのいくつかに集中している。なぜ、限定された配置でしか、エラーの六枚目が起こらないのかを調べてらっしゃるんです」

見たこともないような複雑な数式は、キンポウゲの花びらの謎を解き明かすためのものだったのか。藤丸は改めて、キンポウゲの採集に明け暮れたという先生に感服した。そんな藤丸の表情を見て取ったのか、

「えらそうに説明しましたが」

と、本村は恥ずかしそうにつけ加える。「私は数学が苦手なほうなので、先生の発表を聞いても、完全な理解は到底できないんですけれど」

「へえ、本村さんでも、わかんないことがあるんすか」

「それはあります。わからないことだらけです」

本村は真剣な様子でうなずいた。だから研究はおもしろいのです、と思ってるんだろうなとうかがえた。

本村が表のベンチで弁当を食べると言うので、藤丸は一緒に講堂を出て、B号館の階段を下りはじめた。藤丸としても、あまりのんびりはしていられない。円服亭に帰って夜の営業に備えつつ、明日の弁当と打ち上げの下ごしらえもしなければならないからだ。

「午前中の発表では、ほかにも興味深いものがたくさんありました」

と本村は言った。「K大の先生が発表されたんですが、植物は六週間ぐらい、気温の変動を覚えているそうです」

「六週間⁉　俺なんて、一昨日の夕飯になに食ったかも、がんばんなきゃ思い出せないすよ」

「ですよねえ。私もです」

　本村はうなずく。「もちろん、植物に脳はないので、人間の言う『記憶』とは意味や仕組みが異なりますが。気温は、季節よりも昼夜の寒暖差や、日によっての変化のほうが大きいんですって」

「たしかに、小春日和とか、夏なのに急に肌寒い日があったりとかしますね」

「はい。そういう短期的な変化に振りまわされると、まだ冬なのに、春になったと勘違いして、花を咲かせてしまう原因になります。それは植物にとって都合が悪い。たとえばチューリップならチューリップで、同じ季節にいっせいに咲かないと、受粉に不利だからです。冬に一本だけ咲いても、蜂《はち》などの虫に花粉の受け渡しをしてもらえません」

「そうか。それで、最低でも六週間ぐらいは気温の変化を覚えておいて、ちゃんと季節が変わったことを確認する必要があるんすね」

「そういうことらしいです。その先生は分子生物学の手法を使って、植物の内部の状態を観察してるんです。でも、ふつうの観察もお好きみたいで、ほぼ毎日、同じ公園に散歩に行って、花壇を眺めるのが趣味なんですって」

「たまには散歩ルートを変えたくならないのかなあ」

「ならないみたいですね。『同じ場所へ行けば、同じ顔ぶれと会える。だから植物が好き』とおっしゃってました」

そういう理由で植物を好きなひとがいるとは、想像もしなかった。これまでも、植物の研究者にはどうも変人が多いようだと感じていたが、「さすがだ」と藤丸は何十度目かのめまいと納得を覚えた。たしかに、虫や動物だと移動するもんな。

「『先生が深草少将《ふかくさのしょうしょう》だったら、余裕で百晩、通えそうですね』と、松田先生と諸岡先生が笑ってました」

藤丸は深草少将がだれなのか知らなかったので、「はあ」と曖昧に答えた。

できるだけゆっくり足を運んだつもりだったのに、もう一階に着いてしまった。藤丸はエントランスのドアを開け、弁当とペットボトルで手がふさがっている本村をさきに通した。

イチョウ並木のベンチへ行くという本村と、赤門方向へともに歩きだす。台車を広げ、押しながら進んでいるので、ががらがらと音がうるさい。

するとと前方から、岩間がやってきた。早足で、うつむき加減だ。もう弁当を食べ終えたのだろうかと、藤丸は怪訝《けげん》に思った。しかも、彼氏らしき人物と一緒に講堂を出たはずなのに、いまは一人だ。

「おつかれさまです」

本村が明るく声をかけた。岩間はすれちがいざま、藤丸と本村をちらっと見た。

「ん、おつかれ」

と小さな声で返し、そのままB号館に入っていってしまう。

「どうしたんでしょう」

いつもとちがう岩間の様子に、本村は心配そうに振り返った。

ふだんは面倒見のいい岩間さんが、素っ気ない態度だったのは……。藤丸は推理した。もしかして、遠距離恋愛の男と喧嘩したんじゃないかな。痴情のもつれの果てに、すでに相手の男を手にかけてしまったから、人目を避けたそうにうつむきがちだった、という可能性もなくもないが、白昼堂々、大学の構内で殺人を犯すとは考えにくい。

ま、十中八九喧嘩だ、と藤丸は結論づけたが、俺はどうこう口を出せる立場じゃないから、と黙っておいた。俺以上に本村さんは、恋愛にまつわるあれこれをうまく処理できないだろうしな、とも思った。

「どうしたんでしょうね」

藤丸は笑顔を作った。「ところで本村さんの発表、明日の昼まえすよね」

「よくご存じですね」

「進行表を盗み見しました」

と胸を張る。「弁当づくりがまにあったら、聞くようにするっす」

「なんだか緊張しますが、がんばります」

本村とは赤門の近くで別れた。蟬《せみ》の声が降りそそいでいたが、あいているベンチに向かって歩く本村のうしろ姿は涼しげだ。丸くて小さなかかとが、ゴム草履のうえで上下する。

振りきるように身を翻《ひるがえ》し、藤丸は赤門を出た。台車の音を高らかに鳴り響かせながら、本郷通りを渡る。

円服亭の向かいの家では、今年もムクゲがたくさんの花をつけていた。

ムクゲの木も六週間ぶんの気温を覚えていて、夏になったと判断したんだろうか。

今年は花を咲かせるのをサボろうかなと、思うことはないんだろうか。

判断することも思うこともないのだろう。植物だから。人間とはちがうから。なんらかの事情で花が咲かない年があったとしても、気落ちしたからとかふてくされたからとか、人間のような悩みや心持ちが原因ではないのはたしかだ。

でも、似たとこもあるよな。中心にだけうっすらと紅《べに》が差す、白くて薄いムクゲの花を見上げ、藤丸は心のなかで話しかける。なんかよくわかんないけど、複雑な仕組みでおまえは気温を記憶する。生きてくために忘れちゃいけない、大切なことだからだ。

俺も同じだ。覚えようと思ったわけでもないし、忘れられれば楽かもしれないとも思ったのに、俺の脳は記憶している。いろんな料理を作る手順を。本村さんを好きになって、心臓がどんなふうに鼓動したかを。脳の仕組みなんて俺は知らないけど、記憶は勝手に刻みこまれた。たぶん、大切なことだからだ。

藤丸はムクゲに一方的な連帯感を抱き、「仲間だな」とだれにも聞こえないほどの声で囁いた。それから、「帰りましたー」と円服亭のドアを開けた。

合同セミナー二日目。藤丸と円谷は、またも夜も明けきらぬうちから、円服亭の厨房で奮闘していた。

なにしろ本日は、弁当用に大量のサンドイッチを作らなければならない。大鍋で卵やジャガイモを茹でたり、どんどんトンカツを揚げて特製ソースにからめたり、再びキャベツの千切りマシンと化したりと、大わらわだ。

商店街のパン屋が、予約しておいた薄切りの食パンを届けにきてくれた。五十人ぶんなので、畳んだ布団かと思うほど嵩《かさ》がある。折良く具材も冷めたので、パンに挟む作業に取りかかることにした。

フロアのテーブルをくっつけて作業台にし、藤丸と円谷は使い捨てのシャワーキャップと透明手袋とマスクを装着した。バンダナだとずれてくると判明したので、苦肉の策だ。

サンドイッチの具は四種類。ゆで卵のマヨネーズ和え、ポテトサラダ、トンカツキャベツ、ハムキュウリだ。サイズが小さめなので、それぞれ二個ずつ弁当箱に詰める。

藤丸がパンにバターやマスタードを塗り、円谷が適宜具を挟む、と役割分担したのだが、

「うおっ、大将速すぎっす！」

と、マスクの下で叫ばずにはいられなかった。

「ふははは、恐れ入ったか。これがプロの技というものだ」

円谷は千手観音もかくやとばかりに、サンドイッチを仕上げていく。急《せ》きたてられた藤丸も必死でパンにバターを塗るのだが、とても追いつかない。とうとう音《ね》を上げ、

「具を挟むほうが楽なんじゃないすかね」

と交代を申し出た。ところが円谷は、塗りの作業も「しゅばばばば」と目にもとまらぬ速さなうえに、むらもなく正確だ。

「どうだ、降参か」

「はい、やっぱり大将はすごいっす」

溜まっていくバターつきパンの山をまえに、藤丸も素直にうなずくほかなかった。

サンドイッチを切って弁当箱に詰めるのも、藤丸は苦戦した。箱が微妙に小さかったのだ。事前にサンドイッチを試作し、サイズを測ったはずなのに、なぜか収まらない。

「ちょっと大将、これどうやって蓋《ふた》を閉めてます？」

「圧縮しろ」

「パンをつぶせってことすか！」

「張り切って具を入れすぎちまったんだから、しょうがねえだろ。もう時間がない」

花屋のはなちゃんがドア口にバンを横づけし、軽くクラクションを鳴らした。藤丸は急いで、完成した弁当と台車をバンに積みこむ。カセットコンロと何本かのボンベ、大鍋、フライパン、ホットプレートなど、打ち上げに必要な機材も一緒に運ぶ。

「大丈夫？　ほとんど寝てないんじゃないの」

と、運転席からはなちゃんが言った。

「これが永遠につづいたら死にますけど、二日間だけだから大丈夫っす」

バンの後部スペースで息を切らしながら弁当を支え、藤丸は答えた。

なんとか、十一時半過ぎにB号館に到着することができた。

「五時半に、また円服亭に迎えにいくから」

と言い残し、はなちゃんは帰っていった。なるべくあたたかい状態で食べてもらえるよう、打ち上げの料理は直前に運び入れる手はずだ。オムライスとナポリタンは、会場で作ることにした。そのための機材と、昼食の弁当を台車に移す。ホットプレートは載せる余地がなかったので、片手で抱えた。

本村の発表を聞き逃してしまったら大変だ。藤丸はあせって、エレベーターのなかで足踏みした。鍋やフライパンをがしゃがしゃ言わせながら台車を押し、四階の講堂のドアを開ける。

ちょうど本村が教壇に立ち、話しはじめたところだった。藤丸はほっとし、最後部の机に弁当の山を築いてから席につく。

藤丸は最初、緊張して本村の発表を聞いていた。俺が小学生のころ、うちの母ちゃんもこれぐらい心臓をばくばくさせながら授業参観してたのかな、と思うぐらいに。しかしすぐに動悸は収まった。先生に当てられても、ろくに答えられたためしのない藤丸とちがい、本村が落ち着いて堂々と説明していたからだ。

本村は、どういう遺伝子を実験に選んだか、交配を重ねた結果、どんな葉を持つシロイヌナズナができたかを、画像も駆使しつつ語った。藤丸は、スクリーンと聴衆の様子とを忙《せわ》しなくたしかめる。みんな真剣に聞き入っているように見受けられる。

専門用語が多用されるので、本村の発表の大半は、藤丸にとっては意味不明な内容だった。それでも、たびたび実験室や栽培室に入りこんできたおかげで、本村が「四重変異体が」と言えば「デカパイのことだな」、「ＡＨＯが」と言えば「アホだな。アッホーのことも忘れちゃだめだぜ、本村さん」と、ちらほらわかる部分もある。いっぱしに合同セミナーに参加できている気がして、なんだかうれしかった。

黒地に白い線が梯子状に浮かびあがった写真を、本村がスクリーンに表示した。聴衆の意識が、ますます本村の発表に集中する気配が感じられた。

「最終的に、子葉の段階からサイズが大きく胚軸の毛深い四重変異体が、四株できていることが確定しました。同時に、遺伝子ＡＨＯが葉のサイズ規定になんらかの影響を及ぼしていることが明らかになりました。今後は、ＡＨＯの具体的な働きを調べていく予定です」

本村はぺこりと頭を下げた。淡々とした口調のなかに隠しきれない熱を秘めて、本村の発表は終わった。藤丸は思わず拍手しかけたが、合同セミナーや学会ではいちいち拍手する風習はないらしい。参加者は改めて、本村のレジュメを眺めたりなどしている。挙手して質問の意思を示すものも、何人もいた。結果的に藤丸は、「一人で一本締めするひと」になった。

幹事の本村が発表者なので、かわりに川井が質疑応答をさばいた。手を挙げたひとのもとにワイヤレスマイクを持っていく。質問のひとつひとつに、本村はときになめらかに、ときに考えこみながら、丁寧に答え、説明していった。あいかわらず、質疑の内容は藤丸にはほとんど理解不能だったが、「けっこう手応えありなんじゃないかな」と思った。これだけ質問が寄せられるのは、発表への関心が高い証《あかし》だろう。

「よかった、よかったすね、本村さん。藤丸は門外漢ながら感無量になり、最後部の席でうむうむとうなずく。松田と諸岡は、本村のレジュメを手に、なにやら話していた。諸岡がにこにこしているのはいいとして、松田までもが笑みを浮かべたのが見て取れて、藤丸はのけぞった。松田先生、笑うより怖《こえ》え。本人にそんなつもりはないのだろうが、命乞いをする相手の眉間を冷酷に撃ち抜くときの殺し屋みたいな表情だ。

加藤はレジュメにメモを書きこんでいた。こうして会場を見渡すと、ほとんどのひとが前日とほぼ同じ席に座っているのがわかって、おもしろい。縄張りや塒《ねぐら》みたいなものは、自然と決まってくるということだろうか。心理学とか動物行動学とかで、こういうのも研究されているのかもしれないな、と藤丸は思った。

しかし、昨日とちがう席についているひとが一人いる。岩間だ。岩間のお相手らしき男性は、今日も講堂後部の席にいたが、岩間は真ん中付近に移動していた。ひとつ置いて隣の席にいるのは、留学生の女性らしい。岩間は彼女の求めに応じ、本村の発表の詳細について、英語で説明しているようだった。岩間とお相手の男性とのあいだで、視線が交わされることはない。

ぴこーん、と藤丸の破局センサーが反応した。なんだか雲行きがあやしいぞ。でもまあ、俺にできることはないしなあ。

時間が来たようで、川井が質問を打ち切った。

「すみません、あとは休憩時間や打ち上げのときに、個人的にお願いします」

本村も教壇からあとを引き取り、

「ありがとうございました。では、九十分のお昼休みに入ります。お弁当は、今日も講堂後方に準備してあります」

とアナウンスした。

本村は教壇から下りたところで、質問を希望する数名に話しかけられている。この様子だと、いまは藤丸の相手をする余裕はなさそうだ。発表の成功を祝いたかったのだが、しかたがない。

藤丸は調理機材の載った台車を押して、講堂を出た。弁当を手にした参加者たちがかたわらをすり抜け、階段を下りていく。

「藤丸くん、カツサンドありがとね」

と加藤に声をかけられ、軽く片手をあげて応えた。藤丸は台車ごとエレベーターに乗り、二階へ向かう。

講堂は階段状の構造で、打ち上げには不向きだ。そのため、本村は藤丸と相談し、理学部B号館二階にある大教室で打ち上げを行うことに決めた。こちらは床面がフラットな通常の教室だ。

大教室の長机と椅子は、ほとんどが撤去されていた。残りのいくつかが、黒板のまえや窓際に並べられている。これなら料理も陳列できるし、少々窮屈かもしれないが、中央のスペースで立食形式のパーティーを開ける。

大教室に入った藤丸は、台車で運んだ調理機材を黒板のまえの長机に置いていった。この場でパスタを茹で、ホットプレートでナポリタンを作る戦法を採るつもりだ。オムライスのほうは、夕方に炊きたてのご飯を持ってきて、特大のものを同じくホットプレートで作ればいい。肉を抜きにしたナポリタンやオムライスが欲しいひともいるかもしれないので、そちらはフライパンでべつに作る。

カセットコンロがちゃんと点くかどうか確認していたら、岩間が廊下を通りかかった。

「あれ、藤丸くん。もう準備してるの？」

と、開けっぱなしだったドアから大教室に入ってくる。

「いや、このあとすぐ、円服亭に戻るっすけど、夕方にまた来ます」

「ふうん、大変だね」

岩間は大鍋を覗きこんだりしていたが、ふと顔を上げ、藤丸を見た。「もしかして藤丸くん、本村さんとつきあってる？」

藤丸はびっくりし、

「ないっす、ないっす」

とあわてて否定した。「このあいだフラれたっす」

言わなくていいことまで吐いてしまった、と後悔するよりも早く、さらなる驚愕が藤丸を襲った。

「このあいだ？　またフラれたの？」

と、岩間が言ったのだ。

「『また』⁉」

藤丸は声を裏返らせた。どうして、二度目の告白だったことを岩間さんが知ってるんだ。まさか本村さん、「藤丸のやつ、しつこく告白してきて、まじ迷惑なんですよね」とか、研究室のひとたちに相談してたんだろうか。

恥ずかしさと混乱と疑心暗鬼で、心中に暴風が吹きすさぶ。それを察知したのか、岩間が「しまった」という表情になって、

「あ、ちがうちがう」

と釈明した。「去年、地下の顕微鏡室で本村さんから告白の返事をもらってたでしょ。実はあのとき、たまたま居合わせて、聞いちゃってたんだ」

「そうだったんすか」

少なくとも、本村に「しつこい男」扱いはされていないようだとわかって、藤丸はちょっと落ち着きを取り戻した。

「それで？　また告白して、またフラれたの？」

「はい……」

「そっか」

岩間は同情と立腹が混ざったような顔つきになった。「本村さんとつきあってるか

ら、大人数のお料理なんて大変な依頼を引き受けたのかと思った」

なんだか言葉にトゲがある。

「ちがうっすよ。これはあくまで商売で、大将とちゃんと相談して決めたっす」

「そうだろうけど、でも本村さんもひどいよね」

岩間は唇の端に嗤《わら》いを浮かべた。「藤丸くんの気持ちには応えずに、好意を利用してるようなもんでしょ」

藤丸はさすがにむっとしたが、この一年のあいだ岩間と交流してきたので、ひととなりはわかっている。ふだんの岩間は、さっぱりしていて親切な気性だ。決してこんなことを言うひとではないのにと、少々心配にもなった。

「どうしたんすか、岩間さん」

「べつに。ただ、ほんとは研究のことしか考えてないくせに、藤丸くんの気をもたせるようなことしてるんじゃないかなーって」

「本村さんははっきり断ってくれましたし、俺もそれはちゃんとわかってます。本村さんにとって、なにより大事なのは研究で、ほかのことはどうでもいいんです。そういうひとがいるのも当然だよなって、熱心に研究するみなさんを見ていて、俺も思いました。たしかに俺はいま、本村さんを好きだけど、つきあえないのは残念だけど、でもそれは本村さんのせいじゃなくて、俺の問題です。俺が、植物よりも魅力がないせいです！」

力説する藤丸の視界の隅に、本村の姿が映った。硬い表情で廊下に立っている。

「本村さん！」

藤丸は叫び、岩間も「えっ」とドア口に視線をやる。しかし本村は呼びかけに応えず、階段のあるほうへと歩き去ってしまった。白いかかとの残像だけが、藤丸と岩間の目に焼きついた。

「本村さん！」

岩間はドア口に駆け寄り、廊下に身を乗りだしたが、本村はもういなかったようだ。

「どうしよう、いつから聞いてたんだろう」

と、泣きそうになって藤丸へ向き直った。「ごめん、ごめんね、藤丸くん。私、つきあってるひととうまくいってなくて、なんかおかしくなってた。ううん、もっとまえから、ずっと本村さんのことがうらやましくて妬ましかった。私は本村さんみたいに選べない。恋愛も結婚もどうでもいいなんて割り切れない！」

藤丸は岩間に近づき、迷ったすえに、震える肩になだめるように軽く手を置いた。

「本村さんの発表を聞いてるうちに」と、岩間は言葉をつづけた。「こんなだから私は研究も中途半端なんじゃないかとか、いろいろ考えちゃって、八つ当たりでいやなこと言った。本当にごめんなさい」

「俺に謝る必要なんてないすよ」

藤丸は心から言った。「俺も、たぶん本村さんも、岩間さんの気持ちはちゃんとわかってるっす」

「そうだね、ありがとう」

岩間は大きく息を吐いた。「本村さんを探して、謝ってくる」

震えの止まった岩間の肩から手を離し、

「それがいいっす」

と藤丸はうなずいた。

大教室を出た岩間が、廊下を駆けていく足音がする。それを聞きながら、藤丸も大きなため息をつく。

いろいろあるなあ。みんな真剣に研究に取り組んでるからこそ、いろいろあるんだ。

藤丸は打ち上げの料理を作るべく、からの台車を押し、走って円服亭に戻った。

円服亭では、ランチ営業を終えた円谷が手ぐすね引いて待っていた。

「遅《おせ》えぞ、藤丸！」

「すいません！」

夜の営業までのあいだに、打ち上げ用の料理に取りかかる。ふわふわの自家製がんもどきを揚げたり、サラダに使う野菜を洗ったり。今度は円谷とともに藤丸も千手観音となって、厨房で忙しく働いた。

下味をつけて冷蔵庫で寝かせておいたチキンを、藤丸はオーブンに入れた。低温でじっくり焼きあげる。さて次は、フライドポテト用にジャガイモを切らないと。包丁を手に取りかけたところで、

「それは俺がやっとくから、大皿を取ってこい」

と円谷に指示された。「二階の押し入れに入ってる」

藤丸が住まわせてもらっている部屋には、円谷の私物がいくらか残っていた。押し入れに、「皿」と書かれた大きめの段ボール箱があるのも知っていたが、開けたこと

はない。藤丸は言いつけどおり二階に行き、店の厨房へと箱を抱え下ろした。なかには、宴会時にも使えそうな大皿や大鉢が、ひとつずつ丁寧に新聞紙にくるまれて入っていた。どの食器もぬくもりのある白で、縁取《ふちど》るように、草花の模様が深い藍色で描かれている。

「うわあ、きれいっすねえ」

藤丸は皿や鉢を洗い、清潔な布巾で拭いた。

「家族で店をやってたころ、使ってたんだ」

と、円谷はてきぱきとイモを揚げながら言った。「忙しくて、自分たちの食いもんまで手がまわらねえだろ？　どかっと作り置きしといて、大皿に盛ったおかずをみんなでつついて食べるって寸法だ」

「そうだったんすか」

円服亭は、円谷の父親がはじめた店だ。かつては円谷の両親やきょうだいと、一家総出で店を切り盛りしていたという。円谷は結婚したあと、近くにアパートを借りて、そこから円服亭に通っていたとも聞いたことがある。妻や娘たちも加わって、にぎやかな食卓だったはずだ。

「でも、親父もお袋ももういねえし、きょうだいは所帯を持ってべつの仕事に就いたし、かみさんとは別れちまったしなあ。ずっとしまいっぱなしにしてたから、こういう機会があってよかったよ」

「大将……」

万感の思いをこめて円谷を見たら、

「なに、『一人になっちゃってさびしいですね』って視線を送ってんだ、おまえは！」

と、熱い油が滴る網杓子《あみじゃくし》で殴られそうになった。

「うお、危ないなあ。そんなこと言ってないすよ！」

「べつにさびしかねえよ！」

「だから、言ってないですってば！」

「はなちゃんもいるし、不肖の弟子の面倒も見なきゃなんねえしな。ほら、持ってけ」

ほくほくのフライドポテトが山盛りになったプレートを差しだされた。味見も兼ねてちょっとつまみ食いをし、昼の弁当で余ったサンドイッチも素早くたいらげて、空腹を訴えていた胃をひとまず落ち着かせる。

煮物など汁気のあるものと、炊きたてのご飯は大型のタッパーに分け入れ、それ以外の料理は大皿や大鉢に盛りつけてラップをかけ、藤丸は迎えにきてくれた花屋のはなちゃんのバンに乗りこんだ。

「いいにおいねえ。おなかすいてきちゃった」

朗らかに言ったはなちゃんは、短いドライブのあいだ、軽快なハンドルさばきを見せた。

今夜いっぱい貸してもらうことにした台車を使い、藤丸は理学部B号館二階の大教室へと料理を運び入れた。合同セミナーはまだ終わっていないようで、室内にはだれもいない。最終的な盛りつけを済ませ、料理を窓際の長机に並べる。大鍋を持って三階の松田研究室へ行き、流しで水を入れてきた。

大教室に戻り、カセットコンロに大鍋を置いて湯を沸かしはじめたところで、合同セミナーの参加者がちらほらと現れた。藤丸は長机に並べた大皿からラップを取り、ホットプレートの電源を入れる。

ケータリング業者のようにはいかないので、紙皿や割り箸、プラスチックのフォークやコップを各自使ってもらう。飲み物は、めいめいが持ち寄ったビールやワイン、ウーロン茶などだ。クーラーボックスや研究室の冷蔵庫で冷やしておいたらしく、川井たちが大量に運んできた。

室内の人口密度が高くなってくる。合同セミナーを終え、講堂から大教室への移動が進んでいるのだろう。藤丸はホットプレートに薄く油を引き、ジッパーつきの保存袋に入れて持参した、オムライスの具を炒めはじめた。並行して、ボウルに卵を割り入れ、溶きほぐす。タマネギのいい香りが大教室に漂いだす。

「みなさん、そろいましたか？」

と、松田が教室の隅から呼びかけた。「二日間、おつかれさまでした。今後の研究課題も見えてきて、有意義なセミナーとなったかと思います。それでは、あとは無礼講で飲食しましょう。乾杯！」

まだコップが行き渡ってないひともいるのに、無茶苦茶さくさく挨拶するなあ。藤丸はホットプレートにご飯を投入し、円谷秘伝のケチャップソースで味つけした。参加者は松田の言動に慣れているのか、実験や研究以外では細かいことを気にしない性質《たち》なのか、近くにいるひとと「かんぱーい」と適当にコップをぶつけあい、料理を紙皿に取りはじめる。

大教室のあちこちで雑談の輪ができ、笑い声が上がった。エアコンはフル稼働しているが、ひといきれで少々暑いぐらいだ。藤丸はオムライスのライス部分を大皿に盛り、次いで作った薄焼き卵をかぶせた。厨房ではないので、なんちゃってオムライスである。

特大のオムライスを窓際の長机に運ぶと、動向をうかがっていたらしい諸岡がさっそくやってきた。

「やあやあ、藤丸くん。フライドポテトも美味でしたが、これもまたおいしそうだ」

「やっぱり先生、イモを食べるんすねえ」

諸岡としばし談笑したのち、黒板まえの即席調理スペースに戻った。大鍋の湯は最前から沸騰中だ。パスタを投じ、今度はナポリタンづくりに取りかかる。ホットプレートでは、通常のタイプを。フライパンでは、ウインナー抜きのものを。

ビールの入ったコップを手に、岩間が藤丸のまえに立った。ちょうどパスタが茹であがり、具材と絡めるように炒めながら慎重に味つけしているところだったので、藤丸は顔を上げずに尋ねた。

「どうすか、本村さんと話せましたか？」

「うん、謝った。許してもらえたと思う」

岩間は気まずそうに、「藤丸くんも、ごめんね」と言う。

「いいんす、いいんす」

藤丸はできあがったナポリタンを大皿に盛り、岩間に手渡した。「よかったら、イギリスとマレーシアからの留学生のかたに説明してください。こっちが野菜オンリーのナポリタンです。要望があったら、野菜オンリーのオムライスも作るっす。あと、ソースにアルコールを使ったものと、豚肉と牛肉が入った料理のそばには、それぞれメモを置いておきました」

「あの豚とか牛とか瓶とかの絵、そういう意味だったんだ」

岩間はようやく笑顔になった。「わかった、伝えとくね」

少ししてから、二人の留学生が連れだって、野菜オンリーのオムライスを注文しにきた。藤丸はフライパンで手早く作って、それぞれの紙皿にミニオムライスを載せる。

「ありがとうございます。お料理、おいしいです」と二人に言ってもらえて、うれしかった。

調理が一段落し、安堵した藤丸は、肩を揉みほぐしながら人々の様子を眺める。

松田と諸岡は、隅っこで仲良く筑前煮を食べている。またイモが入った料理を選んでる、と藤丸は笑いを嚙み殺した。加藤はほかの大学の先生と熱心にしゃべっていた。サボテンについて語りあえる相手を見つけたのかもしれない。川井はコップがからになった院生たちに、ビールを配ってあげていた。常に優しくて頼れるひとだなあと、藤丸は感心する。俺も見習おう。

本村はドア口付近で、岩間が取ってきたチキンの皿を受け取ったところだった。表情は柔らかく、屈託は感じられない。仲直りできたみたいで、よかった。岩間のお相手らしき男性はというと、岩間とは対角線上にあたる教室の角で、諸岡研究室の院生と話していた。岩間の恋は、このまま終わってしまいそうな気配だ。大丈夫、また次の出会いがありますよと、藤丸はフラフラ丸な我が身を棚に上げ、内心で声援を送った。

雑談の輪はますます盛んに、教室のあちこちで形成されては分散し、また集まっては広がる。みんな旺盛に食べ、飲み、笑いあう。このひとたちは、言語の壁も国境も越えて、ひたすら植物が好きという気持ちで結びつき、つながっているんだなと思い、藤丸はなんだか胸が熱くなった。

円服亭から持ちだした食器は、松田研究室の面々が洗ってくれる手はずになっている。藤丸は打ち上げの終了を待たずに、撤収の用意をはじめた。ホットプレートや、パスタの茹で汁が入った大鍋、調味料や油の容器を入れた紙袋を、台車に積む。調理台がわりにしていた長机を濡れ布巾で拭いていたら、本村があわてたようにやってきた。

「二日間、本当にどうもありがとうございました」

頭を下げる本村に、「いえいえ」と藤丸は手を振る。布巾を持ったままだったことに気づき、さりげなく台車に放った。

「本村さんこそ、幹事と発表、おつかれさまでした。質問したいひとに囲まれて、すごい反響だったじゃないすか」

「いえいえ」

と今度は本村が手を振り、照れくさそうにうつむいた。「すみません、ちゃんとご挨拶もできなくて。お昼も、あの……」

「あー。聞いてたすよね、岩間さんと俺が話してるの」

「はい」

本村はますます身を縮こめる。今日のTシャツ、遠目に見たときには、白地に緑の水玉模様なのかと思ってたけど、と藤丸は思う。水玉じゃなく、小さな葉っぱのイラストがプリントされてる。

「あのう」

と、本村が意を決したように顔を上げた。「藤丸さんに魅力がないわけでは決してないんです。『私と仕事、どっちが大事?』と聞かれても困るのと同じで、ただ単に植物と藤丸さんを比べることなんてできないだけというか、その……」

フォローになっていないどころか、言えば言うほど逆効果だと気づいたらしく、本村の顔の角度が再び下がっていく。

「気にしないでください」

と藤丸は言った。「俺のことだけじゃなく、岩間さんが言ったことも。岩間さんも、えーと、いろいろあって、心にもないことをつい言っちゃったんだと思うっす」

「はい、事情は岩間さんが説明してくれました。でも、岩間さんが言ったことには一理あると思って……。だから私、居たたまれずに、あの場から逃げだしたんです」

「一理?」

藤丸は困惑し、頰を搔《か》いた。「本村さんは、俺の好意を利用したんすか？」

「そんなつもりはないです」

本村の語気は、強まったかと思った次の瞬間、尻すぼみになった。「だけど、もしかしたらそうなのかもしれません。少なくとも、研究さえできれば恋愛も日常生活もどうでもいいなんて、傲慢で自分勝手な考えでしょう」

「俺はそうは思わないです」

と藤丸は言った。「本村さん、まえに言いましたよね。『植物は愛のない世界に生きてるから、自分もだれともつきあわないで、植物の研究にすべてを捧げる』って」

「はい」

「それについて、ずっと考えてました。一年近く考えて、本村さんや研究室のひとたちのことを見てて、なんとなくわかった気がするんです。本村さんは、愛のない世界を生きる植物のことを、どうしても知りたいんだ。だからこんなに情熱を持って研究するんだ、って」

うまく言えなくて歯がゆい。本村は黙って藤丸を見ている。藤丸は必死に思いを言葉にしようとした。

「その情熱を、知りたい気持ちを、『愛』って言うんじゃないすか？　植物のことを知りたいと願う本村さんも、この教室にいるひとたちから知りたいと願われてる植物も、みんなおんなじだ。同じように、愛ある世界を生きてる。俺はそう思ったっすけど、ちがうっすか？」

愛などという単語をこんなに真剣に口にしたのははじめてで、藤丸は顔面にどっと血が上るのを感じた。ぎこちなく台車に手をかけ、

「じゃ、これで失礼します」

と歩きだそうとする。

「藤丸さん」

本村に呼び止められ、藤丸は振り返った。もううつむかず、本村は静かな声で言った。

「たまに、思うんです。植物は光合成をして生き、その植物を食べて動物は生き、その動物を食べて生きる動物もいて……。結局、地球上の生物はみんな、光を食べて生きてるんだなと」

「光を食べて……」

「はい。藤丸さんも、私も、植物も、同じように」

微笑む本村の目は、希望に似た輝きを帯びていた。「ありがとうございます、藤丸さん」


すっかり暗くなった道を、台車を押して帰る。円服亭の看板は電気が消えていたが、店内の明かりが路地に差していた。

ドアを開けると、フロアの椅子に座った円谷が、

「おう、おかえり」

と読んでいた新聞を畳んだ。

「大将、待っててくれたんすか」

「力つきて、一休みしてたんだよ。ひさしぶりに一人で店を切り盛りしたら、腰が痛くてかなわねえ」

「またまたー」

藤丸は笑っていなし、使った調理機材を厨房の流しに運ぶ。

「片づけは明日の朝でいいぞ。ちょっとこっち来い」

言われたとおり、厨房を出た。円谷は立って、藤丸の顔を正面から眺める。

「うん、万事問題なかったみたいだな。おつかれさん」

ぽんと藤丸の肩を叩き、円谷はドア口に向かう。

「ありがとうございました！　あ、大将。はなさんに台車を返しといてください」

「ひとづかいが荒いんだよ、おめえは！　俺が台車で運ばれたいぐらいだってのに」

文句を言いながらも、円谷は台車を押して店を出た。がらがらと車輪の音が遠ざかっていく。

それに耳を澄まし、本郷通りの車の音に完全に紛れたのを機に、藤丸はドアの鍵を閉め、店内の電気を消した。

二階の自室の窓辺では、月に照らされ、サボテンのトゲが淡く光っていた。なんとなく部屋の明かりをつけないまま、窓に近づく。昼間の日当たりがいいせいで、鉢の土は乾ききっていた。暗がりのなか、台所とのあいだを往復し、コップに汲んだ水を注《そそ》いだ。

網戸越しに見上げた空に浮かぶ月は、もうすぐ満月になろうかという太り具合だ。サボテンだけでなく向かいの家のムクゲも、月の光を受けて闇に白く浮かびあがっていた。

俺たちはみんな、光を食べて生きている。いつか死んで、土や灰になっても、人類が絶滅しても、地球上ではきっとこれからも、光を食べて生きる生命の循環はつづいていくんだろう。

たしかに不思議だ。生き物がそれぞれ持つ精妙な仕組みが。どうして植物や動物が生まれたのかが。生まれたのになぜ、すべての生き物が必ず死を迎えるのかが。

そして、行く手に死が待ち受けていても、どうしてみんな、暗闇ではなく光を生きる糧《かて》とするのかが。

いずれ本村さんが、謎の一部を解き明かしてくれるかもしれないな。

そう思ったところで、限界が訪れた。猛烈な睡魔に襲われた藤丸は、着替えもせずに敷きっぱなしの布団に倒れこむ。スマホの目覚ましを設定しなければならないのに、どうにもまぶたが開かない。

まあいいや。どうせ大将が叩き起こしてくれるから。

打ち上げはまだつづいているのだろうか。本村さんは案外、途中で抜けだして、顕微鏡を覗いたりシロイヌナズナの世話をしてたりして。深夜まで窓の明かりが消えることのない理学部B号館を思い浮かべる。

俺もまた、ランチを宅配するついでに、実験を見せてもらおう。植物を好きになったから。植物を愛するひとたちのことを、好きになったから。そうだ、ハバネロオイルを作って、研究室に届けるのもいいな。

藤丸は幸せな気持ちで眠りに就いた。

月が家々の屋根を、ムクゲを、サボテンを、藤丸を、銀色の光でくるみ、地球の反対側では日の光のもとで植物が活力に満ちて細胞を分裂させ、トンボが空中で交尾し、ペリカンがはばたき、ライオンが吼《ほ》え、人々が生活していた。けれどいま、藤丸はそれらを知る由《よし》もなく、夢のなかで建て付けの悪い松田研究室のドアを開けたところだ。

謝辞

本書執筆に際し、取材などで多くのかたのお力を拝借した（所属先は取材当時）。

ここにお名前を記し、深く感謝する。

作中で事実と異なる部分があるのは、意図したものも意図せざるものも、作者の責任による。

東京大学大学院理学系研究科生物科学専攻
塚谷裕一さん
江崎和音さん　河野忠賢さん
古賀皓之さん　藤島久見子さん
塚谷裕一研究室のみなさん

東京学芸大学自然科学系広域自然科学講座生命科学分野
Ｆｅｒｊａｎｉ　Ａｌｉさん
Ｆｅｒｊａｎｉ　Ａｌｉ研究室のみなさん

文部科学省科学研究費補助金
新学術領域研究「植物発生ロジック」の班員のみなさん
大阪大学大学院理学研究科生物科学専攻
藤本仰一さん
京都大学生態学研究センター分子生態部門
工藤洋さん
奈良先端科学技術大学院大学バイオサイエンス研究科
中島敬二さん
自然科学研究機構　岡崎統合バイオサイエンスセンター
（現、自然科学研究機構　生命創成探究センター）
川出健介さん
立教大学理学部生命理学科
堀口吾朗さん
青井秋さん　田中久子さん
佐藤憲一さん　石川由美子さん

主要参考文献

『岩波　生物学辞典　第5版』（岩波書店）
『図説　植物用語事典』（八坂書房）
『多肉植物ハンディ図鑑』（主婦の友社）
『写真で見る植物用語』（全国農村教育協会）
『AERA Mook　植物学がわかる。』（朝日新聞社）
『改訂版　植物の科学』（塚谷裕一、荒木崇編著　放送大学教育振興会）
『変わる植物学　広がる植物学』（塚谷裕一　東京大学出版会）
『植物の世代交代制御因子の発見』（榊原恵子　慶應義塾大学出版会）
『植物の〈見かけ〉はどう決まる』（塚谷裕一　中公新書）
『森を食べる植物　腐生植物の知られざる世界』（塚谷裕一　岩波書店）
『パリティ　２０１６年12月号』（丸善出版）
『植物が地球をかえた！』（葛西奈津子　化学同人）

『植物は感じて生きている』（瀧澤美奈子　化学同人）
『植物で未来をつくる』（松永和紀　化学同人）
『花はなぜ咲くの？』（西村尚子　化学同人）

セミナー、新学術領域研究「植物発生ロジック」班会議のレジュメ
ATTED-II ver.9.2 ウェブサイト（https://atted.jp）

解説　愛にあふれた世界

伊与原　新

『愛なき世界』。タイトルでまず唸らされる。三浦しをんさんの小説は常にそうだ。想像をかき立てる独特な言葉のチョイス、語感、リズム。一度口にしたら最後、我々はもうその作品世界に引きずり込まれている。『舟を編む』は言うまでもなく、『神去なあなあ日常』などもたまらなくいい。

さて、字面だけ見ればうすら寒くも感じる「愛なき世界」。その意味するところは読み始めればすぐ明らかになる。思考も感情もなく、したがって「愛」という概念も存在しない「植物の世界」のことだ。

物語の舞台は国立T大学の松田研究室。おもに葉っぱの仕組みを研究しているという植物学のラボだ。繰り返すが、葉っぱの研究である。「それが役に立つかどうか」

などという次元で生きていない人々が集っているのは明らかだ。地球惑星科学の研究者として三十億年前の地磁気の研究に若き日々を費やした私としては、大いに親近感がわく。

主人公は「愛のない世界を生きる植物の研究に、すべてを捧げる」と決めた大学院生・本村紗英と、「人間の繁殖のほうに興味を持った派」の料理人見習い・藤丸陽太。本村は、才気煥発というよりは、真面目にこつこつやるタイプの学生と見受けられる。サボテンさえ枯らしてしまうような多少の抜けはあるものの、研究対象であるシロイヌナズナを「かわいい」と公言してはばからない。植物への想いがおかしな方向にあふれ出し、葉の気孔や松茸がプリントされたTシャツを嬉々として着用している。経験上、暗灰色の岩石でさえ削ったり磨いたりしているうちにかわいく思えてくるのだから、世話をしている植物の細胞ならさぞかわいいだろう、と私などは思う。私の大学院時代の女性の先輩は、研究テーマにしていた木星の衛星ガニメデをよく「がにめで」と表記していた。きっと彼女はその星がかわいくて仕方なかったのだろう。

本村の服装も、理学部の大学院におけるファッションのバリエーションとしては十分あり得る。アニメやバンドのファンがグッズTシャツを着るように、彼ら（のごく一部）はカテナリー曲線やベンゼン環やオパビニアが描かれたものを着るのだ。

一方の藤丸は、科学とは無縁に生きてきた、明るく真っすぐな料理バカである。だからといって、がさつな男では決してない。本村の小さくつるりとしたかかとや、薄い貝殻のような足の爪にときめいたことからわかるように、むしろ細かなところに目がいく青年だ。サツマイモの皮の色が葉にも現れていることに気づくなど、観察眼も鋭い。

そして彼はおそらく、自然の神髄が細部に宿っていることを直感的に見抜いている。だからこそ、本村が顕微鏡で見せた葉の細胞に「宇宙」を感じ取ることができたのだろう。三浦しをんさんの自然に対する洞察が垣間見られるような、印象的なシーンである。

物語は、藤丸の本村への片思いの行方を軸に、軽やかに進んでいく。随所にちりばめられた〝研究室・研究者あるある〟に、私の口もとは緩みっぱなしだった。三浦さんは本作の執筆にあたって東京大学の塚谷裕一《つかやひろかず》研究室などに取材を重ねたそうだが、そのときの皆さんの楽しげな様子までもが伝わってくる。情熱とのどかさとが同居したような研究室の日常風景は、本書の大きな読みどころだ。

そして読者は、物語の序盤で気づくことになる。タイトルに偽りあり。これは愛にあふれた世界の話じゃないか、と。

世情に疎《うと》い私でも、愛に様々な形があることぐらいは知っている。だが本稿では、この小説に満ちている愛を乱暴に二つに大別して検討を加えたい。

一つは、人間愛である。厳密な言葉の定義はともかく、ここでは信頼と共感にもとづく親愛の情と考えていただきたい。この小説ではとくに、志を同じくする、あるいはそれを理解し合う者同士の愛が全編に染み渡っている。

松田研究室のメンバー間はもちろん、円服亭の店主・円谷と藤丸の師弟にもそれは濃厚に見て取れる。適度な距離をとりながら、べたつくような言葉を交わすことなく深い信頼関係を結べるのは、科学あるいは料理という世界を共有している意識があればこそだろう。藤丸と本村の中で育っていく互いへの感情も、そんな愛が交配した変異株だといえるかもしれない。

私のお気に入りは、温室の使い方のことで松田研究室に怒鳴り込んできたイモの研究者、諸岡とのやり取りだ。その後諸岡は本村たちにイモ掘りを手伝わせるのだが、その行為の根底にあるのは「自分にとって大事なものは相手にとっても大事」という、一歩間違えばただの迷惑にもなりかねない愛情ではないか。

実際のところ、科学研究の現場にはこの愛情表現が不得手だったり、独特だったりする人も多い。実は私も本村と同じく、大学院から国立T大学(がモデルにしていると思われる大学)に入った口なのだが、当初は戸惑うことばかりだった。

例えば、初めて行う実験のやり方を研究室の先輩に訊きにいったときのこと。ちょうど博士論文を書いていたその先輩は、「やり方って……やればいい」と困ったように言った。そのときはショックを受けたが、それは意地悪でも何でもなかった。事実、やってみれば自力で十分できることだったのだ。私は、何も考えずに端から人を頼ろうとしていた自分を恥じた。彼は今も私のもっとも敬愛する先輩の一人である。

またある朝、研究室で真新しい自分のパソコンを立ち上げると、我が目を疑うようなことが起きた。Ｗｉｎｄｏｗｓのパソコンなのに、Ｌｉｎｕｘという０Ｓが起動したのである(Ｍａｃを買って電源を入れたらＷｉｎｄｏｗｓが立ち上がったという衝撃を想像していただきたい)。うろたえる私に、同室のコンピュータ好きの先輩が平然と「入れといたよ。使うでしょ」と言い放った。夜なべしてそれをインストールしてくれた彼に、元に戻してくださいなどと言えるはずもない。

そんな風変わりな先輩たちに囲まれて、悩んだり落ち込んだりしながらも、私はやるべきことをやり続けた。するといつの間にか、戸惑いはすっかり消えてなくなっていた。周りが私を彼らの世界の一部だと認めてくれて、私もまた彼らの流儀をよく理解したからだ。一度そうなってしまえば、そこは喩《たと》えようもなく居心地のいい、不器用な愛にあふれた空間だった。

もう一つの愛は、知への愛である。科学、自然、未知なるものを探究する情熱のことだが、こちらはそう甘くない。それを追求しようとする者は、顔も知らず、どこにいるかもわからないような相手を愛し続けなければならないからだ。

そんな研究者のあり方を、物理学者の湯川秀樹は「地図を持たない旅人」になぞらえた。正しい道を歩いているのかどうか、場合によっては行き先さえわからないまま、道なき道を進まなければならないという意味である。

作中では本村がまさにその状態にある。博士号取得を目指す彼女が取り組んでいるのは、植物が葉の大きさを制御するシステムの研究だ。それに関わっていると思われる四つの遺伝子が変異した四重変異体を、シロイヌナズナを使って作ろうとしている。変異株同士を交配させ、種を採って播《ま》き、また別の変異株と交配させる。尋常でない根気と細かな作業が必要とされる仕事だ。苦労の末に四重変異体ができたとしても、それが予想通りの形質を持っているかどうかは誰にもわからない。しかも彼女の場合、ゴールが見えないどころか、スタートの時点で大きなミスを犯していたことがのちに判明するのだ。

本村が感じている不安と焦りは、私にもよくわかる。彼女が来る日も来る日も種を採り、それを栽培して細胞を観察していたように、私は毎日のように岩石を切って何百という試料を作り、測定装置にかけていた。どの岩石が太古の地球の記録をとどめているかはわからない。当たりが入っているかどうかも怪しいクジを、ひたすら引き続けるようなものである。

愚かだなと思われたとしたら、その感覚は正しい。研究者に必要な第一の資質は、明晰な頭脳ではない。自ら進んで愚か者になれることだ。生命科学者のマーティン・シュワルツの言葉を借りれば、「もし愚かだと感じていないのなら、それは挑戦していないということ*」なのだ。

臆病な私は愚か者であり続けることができず、途中で旅を降りてしまった。だが本村は違う。彼女には、真っ暗な道を手探りで進み続ける勇気がある。植物と知への尽きない愛がある。きっと素晴らしい研究者になることだろう。

さて、ここまで私がくどくど理屈をこねてきた二つの愛を、見事にマージして理解してしまった男がいる。藤丸である。松田研究室の面々と一年近く付き合った彼は、最後に言う。

「その情熱を、知りたい気持ちを、『愛』って言うんじゃないすか？（中略）みんなおんなじだ。同じように、愛ある世界を生きてる」

つまり彼は、知りたいという気持ちさえあれば、すでにその周辺に愛が生じている、と主張しているのだ。相手は人間に限らず、植物でも岩石でも構わないわけだから、互いにわかり合ったり、双方で共感したりする必要はない。

藤丸は気づいていないだろうが、各所で様々な分断が進む現代社会において、彼の仮説は重要な意味を持つのではないか。

想像してみよう。気に食わない人間や相容れない集団がいたとしても、まずはその振る舞いをよく観察し、その声に耳を澄ませるのだ。自分との違いがはっきりしたら、なぜそうなのかを知りたくなるだろう。知りたくなれば、彼らに問いかけてみればいい。向こうもまた、何か訊き返してくるかもしれない。

すると——ああ、確かに。世界が少し明るくなった。

（いよはら・しん　作家）

＊Schwartz, M. A.（2008）The importance of stupidity in scientific research, Journal of Cell Science, 121

『愛なき世界』二〇一八年九月　中央公論新社刊

文庫化にあたって、上下巻に分冊し、
『愛なき世界（下）』と改題しました。

マングローブ…p.51

熱帯や亜熱帯の海岸や、海水あるいは淡海水が入る河口の汽水域に特徴的にできる常緑低木や高木の群落のこと。マングローブにしか見られない植物種は数多い。紅樹林《こうじゅりん》ということもある（下記図はヒルギ科の一種だが、ヒルギ類を含まないマングローブも多い）。

ローディングバッファー…p.189

電気泳動したいDNAサンプルをアガロースのゲルの穴に流し込む際に使う試薬。比重を重くして穴に収まりやすくし、色を付けることで漏れや位置を確認できるように調整してある。

イラスト／青井秋　デザイン／田中久子　監修／塚谷裕一　作成／編集部

ナリヤラン…p.51
石垣島や西表島を含め、熱帯アジアに広く分布するラン科の植物。花は白と紅紫色で、カトレアによく似た形状。和名の由来は、西表島近くの小島にあった成屋集落からといわれる。

パラフィルム…p.189
容器を密閉または保護するために使うプラスチックパラフィンのフィルム。柔らかく伸びる素材で、チューブの蓋の封印によく使う。

プライマー…p.96
DNAの合成・複製を始めるときに必須な短いDNA分子のこと。

キンポウゲ…p.236
東アジアに広く分布する春の野草。黄色の花を中国の霊鳥「鳳凰」に見立てて「金鳳花」という名がついたといわれている。別名は「ウマノアシガタ」。ここではキンポウゲ科のいろいろな種類を含めている。

ゲル…p.161
コロイド溶液が半固体状になったもの。食品の寒天、ゼリー、こんにゃくなどがまさにその状態。

シロシャクジョウ…p.62
湿った林に生える腐生植物（菌寄生植物）。緑の葉を持たず、花茎は6～15cmの高さ。和名の由来は、錫杖《しゃくじょう》（僧や修験者が持ち歩く、頭に錫《すず》製の輪がついている杖）に似ており、花を含め全体が白いことから。

用語解説

アガロース…p.187

いわゆる寒天よりも精製の度合いの高いものを一般にアガロースと呼び、DNAの解析などに用いる。主成分は中性の高分子化合物（ユニットの単位が多数連なった化合物）で、精製度が高いものは高価。

ATTED-II…p.146

シロイヌナズナを中心とした植物の遺伝子の働きを調べる際、国際的に活用されている、日本発のデータベース（https://atted.jp）。特定の遺伝子について、他のどんな遺伝子と同じタイミング・同じ場所で発現しているのか（共発現データ）を教えてくれる。

オオイヌノフグリ…p.12

ヨーロッパ原産の帰化植物。春の空き地や路傍で青い花を咲かせる。和名の由来は「花の大きいイヌノフグリ」の意。日本在来のイヌノフグリは花が小さく目立たないが、果実が太ると二つの小さな球がついた形状が目立つので、犬の陰嚢《いんのう》（ふぐり）と名付けられた。

実験室の器具

①泳動槽《えいどうそう》…p.161

電荷を持つものに左右から電圧を加えると、その性質に応じて陽極または陰極に集まっていくこと(電気泳動)を利用して、いろいろなものの混じった中から特定の物質を分別するための装置。ここでは、いろいろな長さのDNAが混じった溶液をゲルの中で泳動することで、その長さごとに分離するための小さな槽。

②チビタン…p.184

遠心分離機の一種で、本格的に遠心分離をしたいわけではなく、マイクロチューブに軽く遠心力をかけたいだけのときなどに用いる、ごく小型の機械。たいがいの生物系の実験室の、個人デスクの上にある。

③ PCR《ピーシーアール》…p.81

Polymerase Chain Reaction(ポリメラーゼ連鎖反応)の略。ごく微量のDNAでも解析可能な量まで増幅させる技法で、さまざまな遺伝子の解析に利用される。

④ PCRチューブ…p.91

PCRの検査に使用されるポリプロピレン製の小型試験管(マイクロチューブ)のこと。0.5 mLサイズのものなどがある。

⑤ペッスル…p.158

少量のサンプルを破壊・均質化、分散化する際に用いられる棒状の器具。

⑥ボルテックス(ミキサー) …p.183

試験管の底部に高速度の振動を与えることで中の液に渦(vortex)を発生させ、中身を攪拌する実験器具。たいがいの生物系の実験室の、個人デスクの上にある。

④
②
⑥
⑤
③
①

特別付録

藤丸くんに伝われ

植物学入門（下）

『愛なき世界』下巻に登場した実験器具や用語を解説します。
（あいうえお順、ノンブルは初出ページ）

中公文庫

愛《あい》なき世界《せかい》（下《げ》）

2021年11月25日　初版発行
2024年10月30日　再版発行

著　者　三浦《みうら》しをん

発行者　安部 順一

発行所　中央公論新社
〒100-8152　東京都千代田区大手町1-7-1
電話　販売 03-5299-1730　編集 03-5299-1890
URL https://www.chuko.co.jp/

ＤＴＰ　ハンズ・ミケ
印　刷　大日本印刷
製　本　大日本印刷

Published by CHUOKORON-SHINSHA, INC.
Printed in Japan　ISBN978-4-12-207144-5 C1193
定価はカバーに表示してあります。落丁本・乱丁本はお手数ですが小社販売部宛お送り下さい。送料小社負担にてお取り替えいたします。

各書目の下段の数字はISBNコードです。978-4-12が省略してあります。

中公文庫既刊より

み-51-1 **あの家に暮らす四人の女**　三浦しをん

父を知らない佐知と母の暮らしに友人の雪乃と多恵美が加わり、笑いと珍事に溢れる牧田家。ゆるやかに流れる日々が心の孤独をほぐす。織田作之助賞受賞作。

206601-4

よ-39-1 **それからはスープのことばかり考えて暮らした**　吉田篤弘

路面電車が走る町に越して来た青年が出会う、愛すべき人々。いくつもの人生がとけあった「名前のないスープ」をめぐる、ささやかであたたかい物語。

205198-0

よ-39-2 **水晶萬年筆**　吉田篤弘

アルファベットのSと〈水読み〉に導かれ、物語を探す物書き。繁茂する道草に迷い込んだ師匠と助手――人々がすれ違う十字路で物語がはじまる。きらめく六篇の物語。

205339-7

よ-39-3 **小さな男＊静かな声**　吉田篤弘

百貨店に勤めながら百科事典の執筆に勤しむ〈小さな男〉。ラジオのパーソナリティの〈静香〉。ささやかな日々のいとおしさが伝わる物語。〈解説〉重松　清

205564-3

よ-39-4 **針がとぶ Goodbye Porkpie Hat**　吉田篤弘

伯母が遺したLPの小さなキズ。針がとぶ一瞬の空白に、どこかで出会ったなつかしい人の記憶が降りてくる。響き合う七つのストーリー。〈解説〉小川洋子

205871-2

よ-39-5 **モナ・リザの背中**　吉田篤弘

美術館に出かけた曇天先生。ダ・ヴィンチの『受胎告知』の前に立つや、画面右隅の暗がりへ引き込まれ……。さぁ、絵の中をさすらう摩訶不思議な冒険へ！

206350-1

よ-39-6 **レインコートを着た犬**　吉田篤弘

〈月舟シネマ〉の看板犬ジャンゴは、「犬だって笑いたい」と密かに期している。小さな映画館と、十字路に立つ食堂を舞台に繰り広げられる雨と希望の物語。

206587-1

よ-39-7 **金曜日の本** 吉田　篤弘

子どもの頃の僕は「無口で」「いつも本を読んでいた」と周りの大人は口を揃える――忘れがたい本を巡る断章と、彼方から甦る少年時代。〈解説〉岸本佐知子

207009-7

よ-39-8 **ソラシド** 吉田　篤弘

幻のレコード、行方不明のダブルベース。「冬の音楽」を奏でるデュオ〈ソラシド〉。失われた音楽を探し、もつれあう記憶と心をときほぐす、兄と妹の物語。

207119-3

し-46-1 **アンダスタンド・メイビー（上）** 島本　理生

中三の春、少女は切ない初恋と大いなる夢に出会う。それは同時に、愛と破壊の世界へ踏み込むことでもあった――。直木賞候補作となった傑作、ついに文庫化！

205895-8

し-46-2 **アンダスタンド・メイビー（下）** 島本　理生

憧れのカメラマンのアシスタントとなり、少女から大人への階段を歩み始めた黒江。ある事件を発端に、母親の秘密、隠され続けた自身の過去が明らかになる。

205896-5

し-46-3 **Ｒｅｄ** 島本　理生

元恋人との快楽に溺れ抑圧から逃れようとする塔子。その先には、どんな結末が待っているのだろう――。『ナラタージュ』の著者が官能に挑んだ最高傑作！

206450-8

よ-25-1 **ＴＵＧＵＭＩ** 吉本ばなな

病弱で生意気な美少女つぐみと海辺の故郷で過した最後の日々。二度とかえらない少女たちの輝かしい季節を描く切なく透明な物語。〈解説〉安原　顯

201883-9

よ-25-3 **ハネムーン** 吉本ばなな

世界が私たちに恋をした――。別に一緒に暮らさなくても、二人がいる所はどこでも家だ……互いにしか癒せない孤独を抱えて歩き始めた恋人たちの物語。

203676-5

よ-25-2 **ハチ公の最後の恋人** 吉本ばなな

祖母の予言通りに、インドから来た青年ハチと出会った私は、彼の「最後の恋人」になった……。約束された至高の恋。求め合う魂の邂逅を描く愛の物語。

203207-1

各書目の下段の数字はISBNコードです。978－4－12が省略してあります。

よ-25-4
海のふた　よしもとばなな
ふるさと西伊豆の小さな町は海も山も人もさびれてしまっていた。私はささやかな想いと夢を胸に大好きなかき氷屋を始めたが……。名嘉睦稔のカラー版画収録。
204697-9

よ-25-5
サウスポイント　よしもとばなな
初恋の少年に送った手紙の一節が、時を超えて私の耳に届いた。〈世界の果て〉で出会ったのは……。ハワイ島を舞台に、奇跡のような恋と魂の輝きを描いた物語。
205462-2

よ-25-6
小さな幸せ46こ　よしもとばなな
最悪の思い出もいつか最高になる。両親の死、家族や友との絆、食や旅の愉しみ。何気ない日常の中に幸せを見つける幸福論的エッセイ集。タムくんの挿絵付き。
206606-9

た-15-10
富士日記（上）新版　武田百合子
夫・武田泰淳と過ごした富士山麓での十三年間を克明に描いた日記文学の白眉。昭和三十九年七月から四十一年九月分を収録。〈巻末エッセイ〉大岡昇平
206737-0

た-15-11
富士日記（中）新版　武田百合子
愛犬の死、湖上花火、大岡昇平夫妻との交流。昭和四十一年十月から四十四年六月の日記を収録する。田村俊子賞受賞作。〈巻末エッセイ〉しまおまほ
206746-2

た-15-12
富士日記（下）新版　武田百合子
季節のうつろい、そして夫の病。山荘でともに過ごした最後の日々を綴る。昭和四十四年七月から五十一年九月までを収めた最終巻。〈巻末エッセイ〉武田　花
206754-7

た-15-9
新版　犬が星見た　ロシア旅行　武田百合子
夫・武田泰淳とその友人、竹内好との旅を、天真爛漫な目で綴った旅行記。読売文学賞受賞作。竹内好の随筆「交友四十年」を収録した新版。〈解説〉阿部公彦
206651-9

た-15-14
日日雑記　新装版　武田百合子
深沢七郎、大岡昇平ら友人たちを送った昭和最後の三年間。日々の出来事や気持の照り降りを心に響く文章で綴る最後のエッセイ集。〈巻末エッセイ〉武田　花
207394-4